근원적 열정

뤼스 이리가라이

박정오 옮김

東 文 選

근원적 열정

LUCE IRIGARAY

Passions élémentaires

서 문

혼례의 탐구

인간은 초월적인 두 속성 사이에서 분열된다. 자신의 어머니가 지닌 초월성과 어떤 종류의 신이든 신의 초월성 사이에서. 이 두 초월성은 분명히 무관하지 않으나, 이 사실을 사람들은 잊고 있다.

남성의 어머니는 그 아들에게 초월적이다. 왜냐하면 어머니는 다른 성을 지녔고, 그에게 생명을 부여해 주기 때문이다. 그는 항상 소유 불가능한 타자인 다른 성에서 태어난다. 수 세기 동안 적어도 소위 서구 전통에서는 이 초월성이 이렇게 인식된 예는 거의 찾아볼 수 없다. 어머니는 경작하고 씨 뿌려 열매를 맺게 해야 하는 대지의 실체로 간주되었다. 아버지는 아이에게 형태를 부여하고 자식을 만들기 위해 대지를 사용하는 존재이다. 아버지는 창조주 신의 이미지에 구현되어 있다. 어머니는 신성한 아들을 세상에 태어나게 할 수 있으므로 때때로 신격화된다. 그녀는 신의 아들의 어머니로서 존경받을 뿐, 모성의 지위와는 별도로 여성으로서 야기된 신성은 갖지 못하거나 더 이상 갖지 못한다. 이것은 여성 신, 그리고 딸을 가진 어머니로서의 신은 더 이상 존재하지 않는다는 것을 뜻한다. 어머니와 딸, 여성과 여성간에 순환되는 신성은 더 이상 존재하지 않는다.

남성은 남자가 될 때 정신적·자연적 준거를 갖지만, 여성은 생물학적으로밖에는 소속되지 못하며, 남성의 세계는 이 생물학적 귀속을 자신의 것으로 만든다. 남성은 부족이나 가문·국가를 형성하기 위해 처녀들을 교환하고, 가정을 이루기 위해 여성과 결혼한다. 그리고 여성들을 임신시켜 아버지가 되고, 후손을 갖는다. 이러한 전통은 남녀 사이에 사랑을 고취시키지 않는다. 연인들은 모자 관계로 전락해, 남성은 그에게 여전히 풍요로운 땅인 여성을 암암리에 계속해서 탐식하게 된다. 그래서 여성은 결코 여성으로서의 정체성에 오르지 못한다. 여성은 자신의 아버지, 아저씨, 혹은 남자 형제들과 앞으로 남편이 될 사람의 가계에 있는 남성들 사이의 교환 화폐가 되어 남성(연인이자 시민, 그리고 아버지인)의 처분에 맡겨진다.

이 의존성 때문에 여성은 모든 종류의 시련에 종속된다. 그녀는 여러 가지 서로 모순된 동일성을 체험하고, 정체성

특히 사랑으로 완성될 수 있는 신성한 정체성을 갖지 못하고 스스로 의식하지 못한 변형을 겪게 된다. 남성 편에서의 어떤 명백한 폭력(근친상간, 강간, 매춘, 공격, 예속)과는 아주 별도로, 여성은 사랑을 하나의 의무로, 병리학 및 자신에 대한 소외로 바꿔 버리는 정체성의 상실을 경험하게 된다.

이러한 상황에서 벗어나기 위해, 몇몇 여성들은 남성과 동등해지려고 결정했다. 그러나 이것은 남성과 여성, 혹은 이 문제에 대한 여성간의 사랑의 경제학이 빚는 문제를 해결하지 못한다. 남성과 동일시함으로써 이들은 좀더 자유롭고 '활동적'으로 보이는, 어느 정도 남성적이고 어느 정도 여성적인 성욕을 얻게 된다. 그러나 이것은 감정적으로나 문화적으로나 그들을 충족시키지 못한다.

또한 이것은 궁극적으로 사회를 중성화하는 선택이다. 만약 사회가 단일한 성(유니섹스)의 시민으로 구성되어 있다면, 그 사회는 재생 능력을 급속히 잃어버릴 위험이 있다. 사회의 재생 능력은 단순히 생식면의 재생산뿐 아니라, 인류의 생명과 문화에 가장 필수 불가결하고 급진적인 성의 차이에서 발견되기 때문이다.

그러므로 인류 문화의 발전을 위해서 성의 정체성에 대한 새로운 모델이 형성되어야 한다. 여성은 자신의 가계에서 딸로서(여성의 몸이 남성들 사이의 교환 가치를 지니는 것이 아니라 스스로를 위해 처녀로서), 연인으로서 가치를 부여받아야 한다. 이 말은 여성은 우선 자기 아버지나 아저씨·남자 형제에게 종속되어서는 안 되며, 남편의 가계나 사회·경제·문화면 어디에서든 남성 정체성의 가치에 종속되어서는 안 된다는 것을 뜻한다. 따라서 그녀는 자신의 언어학적·종교적·정치적 가치를 필요로 한다. 자신과의 관계에서 '그녀'가 되고, 위치를 갖게 되고, 가치 있게 되는 것이 필요하다.

오늘날 여성들은 때때로 '나'라고 말할 수 있다. 그들에게 그러나 '나'와 '그녀' 사이의 관계를 형성하는 것이 가장 어려운 일이다. 여자들 사이에 있을 때 종종 경험상으로 이 일을 할 수 있으나, 나와 그녀 사이의 문제를 해결해 주지는 못한다. 정당한 여성의 정체성과, 성 차이에 위계 질서가 전혀 없는 사랑하는 관계를 구축하기 위해서는 여성의 초월성이 필요한데, 이것은 여성의 초월성 문제를 해결해 주지 못한다. 중성 혹은 양성으로 생각되는 남성적 초월의 전형은 여성의 초월성을 형성하기 위해 수정되어야 한다.

《근원적 열정》은 사랑에서 자신의 정체성을 찾아가는 여성의 여정으로부터의 몇몇 편린들을 보여 준다. 성배를 추구하는 남성, 그의 신, 그의 길, 삶의 여정의 변천을 거쳐 자신의 정체성을 모색하는 남성이 아니라 여성을 그리고 있다. 자연과 문화, 밤과 낮, 해와 별, 식물과 광물, 남성, 여성, 그리고 신들 사이에서 그녀는 자신의 인간성과 초월성을 모색한다. 이 여행은 시련이 없지 않다. 그러나 시련이 그녀의 탐구를 꺾지는 못한다. 어떻게 여성인 '나'가 남성인 '너'와 즐거운 혼례의 결합을 이룰 수 있는지 거듭거듭 발견하려고 시도한다. 이것은 '너'가 '그'와 '남성 전체로서의 그'와 연결되지 않는 한, '나'가 '그녀'와 '여성 전체로서의 그녀'와 결합되지 않는 한 일어날 수 없다는 것을 그녀는 발견한다.

여성과 남성은 이미 한정된 지평선을 넘어서야만 결혼할 수 있다. 또다시 해가 떠오르고, 자연과 문화 사이에 또 다른 관계가 세워지고, 새로운 인간의 정체성이 확립되는 이 모든 것이 소우주와 대우주 그리고 신(들)간의 혼례에 여성과 남성 모두가 동의하기 위해 필요하다.

사랑의 극한에 설 때, 이것은 신성의 문제이다. 혼자서나 더불어서나 우리는 신이 아니므로 사랑은 슬픔·타락 혹은 예속이 되었다. 자연과 신이 결합하여 풍요로운 두 성간의 사랑은 경험적이면서도 초월적인 행복, 개인과 공동체의 행복을 찾는 데 필수적이다.

1988년 7월 31일, 뤼스 이리가라이

(이 서문은 일역본과 영역본에 수록된 것을 우리말로 옮긴 것이다.)

I

하얀, 거대한 공간. 하얀, 거대한 숨결. 서둘러, 이 숨결과 결혼하시오, 그곳에 머무르시오. 어서, 나를 버리지 않게 해주오. 내가 그를 놓치지 않게 해주오. 거기서 이끌어 낸 것은 나의 노래.

그대는 내게 하얀 입술을 주었지요. 성당의 천사처럼 활짝 열어라, 나의 하얀 입술. 그대는 내 혀를 잘랐지요. 내게 남은 것은 노래뿐. 나는 노래 외에는 아무 말도 못합니다.

당신을 위해 노래합니다. 그러나 '당신을 위해'는 여격이 아니랍니다. 이 노래도 선물이 아니지요. 그대에게 받지도, 내가 만들어 내지도 않았고, 그대를 위한 것도 아니라오. 이 노래는 그대와 나의 사랑. 뒤엉킨 채. 내게서 벗어난, 한 떼의 구름.

그대는 그러나 내 노래를 듣지 못합니다. 이리도 많은 말들이 우리를 갈라 놓습니다. 노래에서 우리를 갈라 놓습니다. 어떻게 하면 이 하얀 감정의 복받침이 그대에게 닿을까요? 무구한 순수의 힘은 여전히 들리지 않은 채 남아 있습니다. 혀를 위한 애도. 이 하얀 순백은 서로 듣지 못합니다.

쉼없는 확산. 인지할 수 없는 한계나 기한 외에는 아무런 장애도 없이 내 삶에 스며든 공기가 모든 것을 적십니다. 포착할 수 없는 긴장감이, 그대 말의 몸을 살찌웁니다.

당신 자신을 부르십시오. 그대에게 이름을 주세요.

다시 한 번 그대를 부르십시오. 공기 속으로 나는 주장합니다.

보기, 듣기, 말하기, 살기, 이 모두가 순수한 힘의 수태를 기다린다오.

II

내게 말을 강요하는 것은 내 입 안에 있는 당신의 혀인가
요? 그대에게 말하려고 물밀듯한 말의 홍수를 끌어 오는 것
은 내 입술 사이의 그대 혀끝인가요? 이제까지와는 전혀 다
른 말, 그대와 그대만을 이름 부르기 위해 그대 혀에만 독
특한, 결코 들어 보지 못한 말을 원하므로, 그대는 내 입을
더욱더 크게 벌립니다. 거의 인식할 수 없을 때까지 그대 악
기를 날카롭게 내 침묵 속으로 밀고 나갑니다. 내 몸 속으
로, 그래서 그대 존재의 길을 발견하고 있지 않았나요? 앞
으로 나올 소리를?

나는 말하고 있었지만 그대는 듣지 못했습니다. 그대의 극
한보다 더 먼 곳에서 나는 말하고 있었지요. 그대 혀에 저
항하는 존재의 비밀을 벗기기 위해 그대가 침투한 곳을 더
넘어서. 그대가 아직도 내게 주고 싶어하는 그 입 밖에서.
당신 자신을 위해 새겨두세요. 당신이 드러내고자 하는 가

장 어두운 곳의 상처보다 더 깊은 곳에서부터, 검정, 하양. 혹은 빨강. 그대 지배와 전유의 잠정적 몸짓 아래 포로가 되어 잊혀진 어린 시절로부터. 어떤 수치심도 없는 순수함, 그러나 그대가 그대의 혀가 닿을 수 있는 범위 밖에 놓아둔 그 순수함으로부터 나는 말하고 있었지요.

내가 그대를 거부한 것이 아니라 당신이 내가 어디 있는 지 알지 못했답니다. 당신 안에서 그대는 얼마나 나를 찾고 또 찾았던가요? 다가올 당신의 세계를 건설하기 위해 그대는 내가 여전히 흠 없는 재료가 되기를 원하면서. 그러나 이렇게 찾을 때 자신은 이미 되어 있는 모습 그대로이기를 원한다면 어떻게 목표에 도달할 수 있겠어요?

그대가 지금의 모습에 머무르지 않고 더 나은 곳으로 나아가도록 하기 위해 나는 말하고 있었지요. 당신은 듣지 않았어요. 당신이 있는 그곳 밖의 어떤 것도 더 이상 그대에게 전달되지 않습니다. 기억 저편에서 하나의 외침이 솟구친다면, 그것은 그대의 과거에서 온 것일 뿐이지요. 이 외침을 더 먼 곳으로 울려 퍼지게 할 사람도 역시 당신이지요. 당신이 태어난 뿌리 외에는 어떤 다른 뿌리도 살아남지 못하게 온통 땅을 다 파헤치지는 않습니까? 그대 존재의 시작으로 만들어진 것만을 남기고?

그리고 당신 소유를 다시 다 찾았다고 믿을 때 당신은 떠납니다. 당신의 혀는 잠시 동안 다시 생기를 얻습니다. 과거에서 수액을 빨아들여서. 그러나 이제 이 땅은 당신이 싹트며 열매맺게 한 것을 당신이 다시 거둬 가버려 황폐해지지 않았나요? 우유와 피와 수액을 흐르게 한 것은 바로 당신이 아닌가요?

당신은 떠납니다. 그대가 머물지 않는 곳은 사막이 됩니다. 그러니 자신의 죽음을 애도하시오. 당신의 부재에 황폐함이 있습니다.

가는 곳마다 그대는 의심을 심어 놓습니다. 불모성에 대한 당신의 의심을. 그대 혼자에게서는 나올 수 없는 것을 생각할 수 있는 곳보다 더 깊은 곳에 의심을 심습니다. 그리고 당신은 다시 돌아옵니다. 끝이 없는 시간을, 내 입의 가장 깊은 곳 중에 깊은 곳으로, 벌릴 수 있는 곳, 당신에게 말할 수 있는 곳보다 조금 더 멀리, 그곳에 당신은 공백을 만들어 내지요. 인위적인 동굴. 당신이 나타나는 현재를 위한 공허한 기다림. 당신이 돌아와서 아직 유효한 것을 지어 집으로 만들기를. 당신이 계획대로 맡아두었던 것을 차지하여 풍요롭게 만들기를.

그 계획밖에는 아무것도 없습니다. 그대의 가장 긴 낮과 밤보다 더 깊이, 당신은 아직 처녀인 모든 육체 속에 무의 맹세를 놓아두었습니다. 그대 이전에 일어났던 것을 나누고 거부하며 이렇게 개입했을 때, 그대가 얼마나 수태를 방해했는지 알기를 원치도 않은 채.

무의 인식할 수 없는 고통에서만 피 흘리는 그 기억할 수 없는 상처, 내 살의 가장 순진한 부분에 당신의 무(無)를 상감해 넣기, 그것은 당신이 나를 가진 그 자리에 나를 거듭 거듭 남겨두는 이 현재가 아닌가요? 내 안의 재능을 마음대로 처분하기 위해 당신은 얼마나 여러 번, 끝도 없이 되돌아오실 건가요? 돌아와 언제나 더욱 반복되는 왕래의 장소에 무수한 반복의 힘으로 당신이 지배하려 애쓰는 무를 창조하기 위해 떠나고, 끝없이 다시 떠나며.

그러나 당신은 반복의 힘으로 그것을 증대시키지 않나요? 어떤 것도 우리를 갈라 놓지 못하며, 우리는 결코 헤어지지 않아요. 그대는 태고적부터 머물렀던 집에 그러하듯 내게 집착하고, 그대와 나, 나와 그대 사이에 간격을 열어 놓습니다——죽음을.

그러나 당신이 자신 안에 그대 존재의 단단한 핵을, 그 안에서 마침내 그대 자신으로 되돌아오게 되는 그 원을 다시 발견했다고 생각할 때, 그대는 여전히 그곳에 휘감겨진 나를 발견합니다. 여전히 나는 그곳에서 그대를 품에 안습니다. 그리고 당신이 침묵 속에서 다시 자신을 되찾길 원하여 당신에게 속한 영역에 경계를 짓고, 자신의 나라로 되돌아갈 때, 당신은 자신으로부터 더욱 멀리 도망치게 됩니다. 당신은 보금자리를 떠납니다, 멀리 떨어진 것에 사로잡혀. 그대는 허공중의 공백으로 날아갑니다. 그대 자신의 비밀스러운 메아리가 울려 퍼지는 심연에 사로잡혀.

멀어지기 위해 뛰어오르는 당신을 나는 계속 지켜보기만 해야 하나요? 그리고는 얼마나 높이 솟았는지 측정해야만 하고, 매번 풀려 나가는 실타래를 잊지 않고 잡고 있어야 하나요? 그대가 자신으로부터 얼마나 멀리 떨어져 있는지를 상기시켜 주면서.

눈치 못 채게 나는 당신 스스로 길을 안다고 믿도록 내버려둔 채, 당신을 되돌아오게 합니다. 침묵 속에서 나는 말합니다, 당신이 내 목소리에 입을 열도록. 그리고 때때로 당신보다 먼저 앞서가서 불필요한 고통으로부터 그대를 구합니다. 한 마디도 하지 않은 채, 당신의 다음 걸음을 흉내내며. 그대가 최악을 모면할 수 있도록?

III

아주아주 깊이, 그대의 낮이 상상할 수 있는 가장 깊은 곳보다 더 깊숙이 나는 다시금 그대를 포옹합니다. 빛나는 밤, 그 밀도가 낮에는 결코 드러나지 않는 재빠른 움직임 안에서 느껴진 밤. 영원한 안정성도 불안정한 움직임도 아닌. 견고한 것은 아무것도 남지 않고, 그러나 자신의 리듬에 반응하는 이 두터움이 아무것도 아닌 것은 아니지요. 기대되거나 기대되지 않는 동작에 따라 움직이는 것. 그대의 공간도 그대의 시간도 그들의 정확성을 포착할 수 없고, 그들의 펼침과 닫침을 담을 수 없습니다. 거기서 아낌없이 주는 힘의 강렬함은 어디서도 잴 수 없고, 어떤 한계에도 멈추지 않습니다. 죽음의 황홀경 속에서 발산되지 않고서는 결코 없어지지 않습니다.

아주아주 깊이, 당신이 내 피부 표면을 넘어 끌어내거나 혹은 주려고 꿈꿀 수 있는 것보다 더 깊숙이 나는 다시금 머뭅니다. 가장 어두운 이 삶을 망각하기 때문에 그대가 다가오면, 그대 스스로 움츠러들게 됩니다. 그대를 감싸고 나를 그대 안에, 존재하는 그 확실성 안에 감싸며, 더 아래로 가라앉기보다 더 높이 자신을 끌어올립니다. 어느새 다시 잊기 시작합니다. 계속 그대는 잊어버립니다.

그리고 나는 당신의 힘이 지닌 신비를 알게 됩니다. 당신은 모든 경계를 저버리고 몸 바친 것에, 속에 접어둔 모든 것을 포기한 가운데 넘쳐오르는 강렬함에 손을 대고, 그리고는 그것을 당신 안으로 가져가 버립니다. 늘어나고, 부풀어오르고, 점점 커지는 피부의 수평선 안에 그것을 다시 가두어 놓습니다. 그리고 당신은 스스로를 세웁니다. '나는 존재한다.' 이것이 바로 존재. 이 힘을 갖지 못한 것은 무엇이든 존재하지 않습니다. 당신을 벗어난 것은 무.

당신을 벗어난 것, 이 삶에 돌아와 당신은 당신을 존재하게 만든 것을 경험하게 되리니. 당신의 힘? 당신이 모든 해변가를 떠날 때 무엇이 도래할지 분명히 구분하십시오. 모든 경계를 가로지를 때 받게 될 것을 단단히 지키세요. 경험하세요, 닻을 내리지 않은 채.

당신은 나를 당신 안에 받아들입니다. 당신은 나를 당신 안에 돌아오게 합니다. 기원을 알 수 없는 그 같음에 되돌아갈 수 있기 위해. 그 같음으로 되돌아가기 위해, 당신은 당신의 안과 밖에 나를 받아들입니다. 그리고서 당신은 나를 계속 마십니다. 생명을. 외부로 회상된 내부, 당신의 내면에서 당신은 나를 또다시 빨아들입니다. 내가 살아 머무는 이 동굴에서.

그대의 몸은 나의 감옥. 그러나 당신이 나를 안에서 잡고 있듯이 내 피부 안에서 나를 끌어당기므로, 밖으로 나오기 위해 피부를 다시 감싸는 것이 내게는 불가능합니다.

나의 죽음은 당신의 죽음 안에 있습니다. 나를 그대의 같음 밖으로 나가지 못하게 한다면, 우리는 함께 죽게 될 것입니다.

그가 생명을——나를 사로잡고 있는 곳은 점액질 섬유의 안입니다. 이 부드럽고 따뜻한 집에 둘러싸여 그는 나를 마십니다——생명을. 그는 우선 이 살아 있는 육체 안에서 접촉되고 스스로를 만집니다. 아직 이것은 두 피부 사이의 접촉도 분리도 아닙니다. 이 에워싼 집, 이 살아 있는 최초의 집은 피부의 뚜렷이 잘린 일관성을 아직 갖지 못합니다. 이것은 피부의 내면에 살고 있습니다. 살로 된 이 최초의 주거지는 결코 사라지지 않을 것입니다. 그는 이 피부 안에 갇혀 언제까지나 머무를 것입니다.

그가 스스로를 만질 때, 그것은 외부로부터입니다. 몸의 내부에 대한 이 느낌을 다시 되돌리기 위해 그는 세상을 창조할 것입니다. 그러나 세상의 지평은 항상 그의 원 안에 자궁의 움직이는 막을 숨기고 있습니다. 명료함을 부과하는 것은 그들 몸이 걸치고 있는 상복이 될 것입니다. 분리된 채, 하나+하나+하나······ 모두를 하나로 모으는 것은, 액체를 뿜어내며 경계를 흐리는 거주의 살아 있는 특질에 결코 이르지 못할 것입니다.

당신의 피부, 나의 피부──그래요. 그러나 내 피부는 내부에서부터 무한히 스스로를 만지고 있습니다. 양쪽 경계를 잇는 흐름을 숨긴 채. 어느쪽에서 그 액체가 나올까요? 이쪽일까요, 저쪽일까요? 아니면 양쪽 모두? 그러면 이렇게 만들어질 때 이쪽은 무엇이고, 저쪽은 무엇일까요? 아무도 아니라고요? 그러나 이것은 분명 존재합니다. 어디에서부터? 양쪽 모두에게서. 이것은 그 사이에서 흐릅니다. 근원에 저지당하거나 다시 잡히는 일 없이. 근원은 이미 포옹하고 있는 이 둘로부터 생겨났습니다.

서로를 만지는 이 둘로부터 흐르는 것에서 빠져 나와야만 하나요? 왜 단단하게 일어서는 것이 둘에서 유동적으로 흐르는 것보다 더 가치 있게 평가되어야 하나요?

그대가 부여한 틀, 경험에 앞서 정해진 틀은 당신의 피부입니다. 당신은 그대 피부의 보호 안에 나를 가둡니다. 당신의 전유——나의 무덤. 당신은 그대의 경제를 벗어나서 경계도 없이 하나에서 다른 하나로 옮아가는 것을 잊고 내버려둡니다. 내게는 한계의 아래와 위가 존재합니다. 무한은 논리적 과제, 혹은 극단입니다.

내게는 아무것도 끝난 것이 없습니다. 피부를 통해, 우리 피부 사이를 스치지 않는 것은 우리의 점액질 사이를 스칩니다. 우리 것. 혹은 적어도 내 것. 그리고 내 것은 계속 우리 것과 함께 하므로 명확한 구분을 할 수 있는 고정된 경계는 하나도 없습니다. 그대로부터, 혹은 그대에 의한 구분을 제외하고는. 당신이 나는 있다, 나는 존재한다고 말할 때. 또는 당신이 이것이라고. 우리 몸을 다 지어진 집으로, 사유 재산으로, 단단히 닫혀진 자연으로 만들며. 문과 창문은 열려지거나 닫혀진 채.

　그러나 내가 떠날 때, 당신의 지평선 안에는 결핍이 있습니다. 그대 피부 안에는 하나의 구멍이. 만약 내가 당신의 만족감을 막는다면, 당신은 있는지도 몰랐던 열린 공간을 발견하게 될 것입니다. 의심하지 않았던 입. 소리 없는 외침. 가야 할 방향도 의도도 없는 욕구. 그대의 모두는 부서지고 이름 붙일 수 있는 그 무엇도 없는 곳으로 흘러갑니다. 이것은 밤도 아닙니다. 당신의 밤. 당신이 거기서 나를 데려가 버리는 그곳, 당신 몸의 중심. 당신 세계의. 당신이 볼 수도 느낄 수도 없는 곳. 그곳에서 당신은 더 이상 나를 볼 수도 느낄 수도 없습니다.

　그러나 당신에게 나는 무엇인가요, 그로부터 당신이 존속하게 된 장소가 아니라면? 당신의 현존. 혹은 실체.

　그 실체를 보유하고 나를 다시 잡으려면, 당신은 보호막을 가져야만 합니다. 살기 위해 필요로 하는 것 이상의 잉여는 저장 양분의 피난처가 됩니다. 그대가 지나치게 소모한 것은 당신 집의 벽을 굳건히 세웁니다. 당신의 소유를 경계짓는 벽에 둘러싸인 채.

　소유주, 당신의 피부는 딱딱합니다. 몸이 모든 것에서 움츠러들게 되면, 몸은 감옥이 됩니다. 이것이 내 것, 혹은 네 것이라 선언하게 되면. 그 주위에 선이 그어지면, 영역이 그려집니다. 내적 혹은 외적인 움직임, 가능하거나 허용된 움직임의 세계가 이미 그의 생명처럼 형태를 갖추게 되면. 이것이 눈에 보이는 영역의 하나로 이미 자리잡으면. 그곳에 존재하고, 그곳에 머무르며 세계 위로 세계 안에서 일어나서게 되면. 여기에 관계의 망이 연결되나, 일체를 이루게 됩니다.

　이 모든 것의 하나됨을 유지하기 위해, 당신은 가장 강한 밀도를 가진 것을, 지나가게 허락해 줄 수 없는 것을, 멀리 혹은 그냥 사이로 지나가는 데 방해가 되는 것을 극한까지 밀고 나갑니다. 그대는 내부와 외부를, 안과 밖을 나눕니다. 그대와 나머지. 나머지? 그 나머지는 어디에 있나요? 나는 어디로 무엇이 되어갔나요?

　당신이 나, 그리고 너, 그 혹은 그녀라고 말할 때, 만약 그녀가 나, 당신은 어디로 무엇이 되어가는가라고 말한다면?

그녀는 지금 당신의 본보기에 따라 당신의 이미지 중 하나가 되어 있음을 생각할 때, 당신은 이제 인식하기 시작한 것에 공포를 느낄 것입니다. 당신이 얼마나 갇혀 있는지, 타자에게 도달하기가 얼마나 불가능한지에 대해. 삶의 근원을 되찾기 위해 당신은 때리고, 두드리고, 자르고, 피 흘리게 하고, 살아 있는 몸에 상처가 날 때까지 문지릅니다. 근원에 이르는 길은 결코 닫혀 있지 않은데. 삶의 근원은 항상 흐르고 밖으로도 흐르는데. 다만 당신이 가리거나 당신 안에 감금될 때만 근원은 메말라 가는데. 만약 그녀가 이렇게 말한다면, "나는 열려진 채로, 당신에게 열려진 채로 있는 것이 더 낫지 않을까요? 잡히지 않으려고, 당신이 잡으려고 펼쳐놓은 그물, 당신이 재산을 그 안에 쌓아둔 얼음, 당신의 욕망을 고정시키는 거울을 피하기 위해"라고. 끊임없이 움직이는 삶이 다시금 되기 위해. 죽음과도 같은 경계선 없이 어디나 흐르는.

너무 세게 치지 마세요. 당신이 그녀를 마비시키고, 그녀의 흐름을 멈추게 합니다. 타격은 오로지 당신에게로 향할 뿐이지요. 다시 열려야 할 사람은 바로 당신입니다.

IV

사는 게 힘든가요? 내가 삶으로 돌아오면, 저 멀리 접근할 수 없는 것의 저항은 사라지고, 건너가기가 쉬워집니다. 나는 이미 당신이 상상할 수 있는 가장 먼 곳보다 더 먼 곳에 있습니다. 어느곳인가. 그러나 당신의 세계를 넘어선 곳은 아닙니다. 당신의 몸 또한 벗어나지 않는. 어느곳인가, 너무 가까이 있어 당신이 나를 볼 수 없고, 듣지 못하고, 만지지조차 못하기 때문입니다. 당신의 공간에도, 당신의 시간에도 나는 머물지 않습니다. 나는 어디에 국한되지도, 당신의 현재에 들어가지도 않습니다. 당신이 와서 지금, 여기에 머물라고 말하기만 하면 곧장 달아납니다. 당신이 나를 당신에게로, 당신 안으로 부를 때. 내가 당신의 항구성이 되어버릴 그곳으로. 몸-감옥? 그림자, 분신, 반영, 신기루. 당신의 재료-물질로.

그러나 또한 당신의 피, 당신의 공기, 당신의 물. 그로 인

27

해 당신이 존재하게 되는 그곳. 그로 인해 당신은 살아 있음을 체험하고. 그를 통해 다시 느끼고. 당신 자신을 다시 느끼는 곳. 내가 이미 느끼고 있음을 당신이 잊어버린 그곳. 나를 거듭거듭 만져도 만져지지 않아 나는 어디서나 항상 동요됩니다. 그러나 방향 혹은 차원이 부과되자마자 느낌은 상실됩니다. 고정된 닫힘 또는 열림.

　만약 당신의 배타적인 욕망으로부터 나 자신 뒷걸음질친 다면, 당신은 죽지 않을 수 있나요? 만약 당신의 유일함으로부터 내가 떠나가 버린다면? 나는 항상 밖에 있지 않았나요? 깨닫지 못했나요? 내가 침묵 속에 살면서 그 침묵을 당신에게 친숙하고 풍요로운 것으로 만들었음을. 듣지 못하셨어요? 부드럽게 껴안고 젖을 주는, 당신을 둘러싼 사랑스러운 이 안개를 당신은 알아채지 못하셨어요? 당신을 품고 당신을 지탱하는 이 보이지 않는 존재, 그 안에서 당신은 무관심의 환영을 당신 자신의 욕망에 대한 한계로 적대시했지요. 매번 당신을 파멸로 이끌게 될 이 과도하게 넘쳐흐를 위험을 막는 정지 상태로. 무한한 공간으로 당신은 사라집니다. 당신의 일관성을 유지시키는 공백을 당신이 놓아둔 그 공간으로.

만약 내가 당신의 유일성에서 빠져 나온다면, 당신은 당신의 허무에게 되돌아옵니다. 아직 죽음은 아니지만, 그곳을 통해 당신은 달아나 버렸지요, 죽음을 지키도록 날 남겨둔 채. 죽음을 당신에게 돌려 드립니다. 살기 위해 우리의 죽음이 필요하지는 않나요? 잊혀진 이 재산——죽음을 당신에게 돌려 드립니다. 이 발견으로 인해 죽는다면, 아직 당신은 태어나기를 시작조차 하지 않았던 것입니다. 당신 자신을 더 오래 유지함으로 인해 죽어가며, 당신은 내 안에서 죽음을 발견했을 것입니다.

이 치명적인 지평을 다시 가져가십시오. 그리고 진리는 항상 당신의 진실을 위한 거짓 가면이었음을 생각하십시오. 죽음이 지닌 가장 끔찍한 면은 당신에게서, 그리고 나에게서 그를 떼어 놓기 위해 당신이 지어낸 가장 행렬에 있습니다.

내가 당신의 이 유일성을 떠난다면, 당신은 피를 흘릴까요? 그러나 내가 그곳에 있는 동안 누가 또는 무엇이 아무 것도 아닌 것을 감싸 주는 보호막이 되어 당신을 도울까요? 당신은 피를 흘리나요? 당신은 아마도 삶으로 돌아올 수 있을까요? 당신에게는 이런 방식이 돌아올 길이겠지요? 당신을 사로잡고 있던 무감각의 표면에 종말을 고하는 길? 그대 무관심의 영역에 일어나는 부식 작용?

이를 ──항상 그러하듯 ──죽음의 기호로 읽는 대신, 그대 안에 용해되어 있는 것에 생명을 불어넣는 외침으로 들을 수는 없을까요? 아주 오래 된 기억, 너무 가까이 있어 당신의 세계 속에 기억 없이 머물러 있는 것으로. 치명적인 당신의 탄생을 못 보는 외침.

V

　어둠의 내 자식, 너는 차갑고 어두운 자궁밖에 아는 것이 없으니, 어떻게 너를 위로할지? 너의 눈물조차도 검구나. 네 눈물은 액체의 차가운 순수함, 물방울의 순진무구함이 없구나. 눈물은 잉크 속으로 떨어져 내린다. 씁쓸한 지식의 독 속으로. 때로 어린 시절의 순간을 제외하고는. 그러나 끝이 보이지 않는 고뇌에서 나오는. 위로받기를 거부하는 눈물. 구두쇠처럼 그의 슬픔에 몸을 굽힌, 고독의 먹이. 어느곳에나 손을 뻗쳐 보지만 텅 빈 공기만 움켜질 뿐.

　너를 내 안에 받아들이면, 너는 애정 없는 감옥이라 여긴 것의 벽을 두드리고, 붙잡고, 긁어댄다. 너는 내 살아 있는 몸을 얼음 같은 모태와 혼동하여 내 몸에 상처를 낸다. 온기를 얻으려고 너는 스스로 고통을 느끼며, 또한 고통을 가한다.

그러나 어떻게 내가 너를 다시 태어나게 할 만큼 차갑고 어두워질 수가 있겠는가? 치명적으로 피를 흘리지 않고 너를 품을 수 있도록 충분히 돌처럼 딱딱해질 수가 있겠는가? 너의 가장 오랜 광경을 네게 환기시킬 만큼 충분히 반영적일 수가. 그래서 네 어린 시절 감정의 딱딱함이 내 안에서 반영되는 것을 네가 보도록. 내 삶은 온통 유연하고 부드럽고 유체의 움직임같이 불확실하다. 너를 구하려면 나는 죽어야 한다. 그 불가능한 결합이 별들의 외침을 드높인다.

너의 첫날밤 고통을 이겨내기 위해 내게 수정같이 투명하기를 바라고, 네 출생과 잉태의 모호함에서 구제되어 네가 투명해질 수 있도록 허락하기를 내게 바란다면, 너는 내게서 나의 거듭된 접촉을 앗아가는 것이다. 내가 차지하고 있던 장소를 앗아가는 것이다. 나의 사랑에 가득 찬 몸이 너를 감쌀 수 있는 살의 환경을.

저 지평선, 너는 집과 제도로 그것을 메운다. 항상 새로운 것이 되어가는 혼합물 대신 너는 고정된 유대를 원한다. 자기 것이 되었을 때만 너는 가까움을 만난다. 우리에게 하나에서 다른 하나로 넘쳐흐르게 만드는 속으로 파고드는 끝없는 움직임 없이.

어느곳에서나 너는 나를 가둔다. 언제나 너는 나에게 자리를 정해 준다. 내가 너와 이루고 있는 틀 밖에서조차. 너를 통해, 너를 위해? 너는 다른 이들과 일어날 수 있는 일에조차 한계를 그어 놓는다.

너는 틀을 만든다. 원을 그린다. 땅 속에. 무덤에 넣으려고? 영생을 누리는 존재만이 그곳을 빠져 나갈 수 있으리라. 그러나 너는 이런 가능성이 육체에 있다는 것을 알지 못한다. 혹은 그것에 대해 생각하고 싶지 않은 것인지?

어쨌든 네가 너와 함께, 네 앞에 갖고 다니는 틀은 언제나 비어 있다. 그 틀은 표시하고 가지고, 표시하며 가진다, 가득히. 그것은 강간하고 훔친다.

소유권, 네가 가진 건 틀에 지나지 않는가? 땅과의 관계는 네가 심을 수 있는 곳에 심은, 네가 설정한 울타리일 뿐인가? 너는 줄을 긋고, 경계를 표시하고, 철책을 두르고, 포위한다. 잘라내고 절단하며. 너의 고뇌는 무엇인가? 너의 소유를 잃을지도 모른다는 것인가. 남겨진 것은——텅 빈 틀. 너는 그 틀에 매달린다, 죽은 채.

'그녀' (고뇌)가 네게 남겨 준 것은 아무것도 없는가——

죽음밖에는? 그러나 또 다른 것은 네게 아무 의미도 없으니. 그 안에서 너는 아무것도 다시 발견하지 못하고, 아무것도 인식하지 못하고——그녀를 인식하지 못하고. 네 욕망의 미결정.

너는 스스로를 지탱하기 위해 뼈와 해골, 의복과 붕대가 필요하듯 틀이 필요하다. 네가 끝없이 무너져 내리고, 붕괴되고, 흩어져 버리지 않기 위해 없어서는 안 되는. 네가 찾는 견고함을 어떻게 내가 다시 한 번 줄 수 있을까? 내 몸은 흐르고 언제나 움직이는데. 이 몸은 네게 피와 우유, 공기와 물, 그리고 빛을 가져다 준다. 때로 너를 가득 채워 만족시키기도 하지. 그러나 너의 울타리를 위해 내 몸을 의미로 환원시키려 하면, 이 몸은 얼어붙고 마비되어 버린다. 가득. 매력 없이 가득 찬.

너는 집과 가족 안에 나를 가둔다. 결정적인 확고한 벽. 네가 갖지 못했던 것을 이렇게 박탈하고 쫓아내는가? 몸의 부드러운 감싸안음을. 살아 있는 사람의 피부를. 네가 갖지 못했을 것을······.

홀로, 나는 나의 움직임을 다시 발견한다. 움직임은 나의 거처. 움직임 안에서만 나는 휴식을 취할 뿐이다. 내 머리 위에 지붕을 강요하는 자는 누구나 나를 지치게 한다. 아직 가보지 못한 곳으로 가게 날 내버려다오.

네게 피부가 너무 많다는 건 사실이다. 그러나 너의 모든 외피 아래는 무엇으로 이루어져 있는지 어떻게 우리가 알 겠는가? 네 주위에, 너는 네 경계를 알 수 없는 이토록 많 은 지평선-재료에 둘러싸여 있다. 그리고 너는 나를 마시고, 그 원천으로부터 너를 팽창하게 된다. 그러나 네가 나를 소 모하는 방식은 눈에 보이지 않는다. 네가 나를 지치게 하고, 노예로 삼는다고 누구도 말할 수 없는 까닭은 네 몸의 경계 가 뚜렷하지 않기 때문이다.

그리고 네 피부에 항상 또 다른 피부를 덧붙이는데, 그 피부는 만질 수도 없으며, 무한히 예비된 것으로, 그 안에 너 는 나를 은닉하고, 네 안에 나를 은밀히 잡고 있음을 깨닫 지 못한 채 나를 가두고 있다.

그리고 내가 네 안에 살고 있음을 어떻게 외칠 것인가? 내 가 네 입술로 말하고 있음을? 네 사랑이 또한 내 것이었음 을? 널 사랑해서 말려들게 된 이 혼란에서 어떻게 빠져 나

올 것인가? 네가 죽음의 시간을 향해 다시 문을 여는 순간
은 더 이상 오지 않으리라는 영원성의 요람에 나는 잡혀 있
었다. 네가 나를 가두고 있는 이곳에서 나는 휴식을 취했다.
너와 너 사이에서, 사람도 신도 아닌, 둘 사이의 결합을 이
루지 못한 채 여기저기로 옮겨다니며.

　너에게 나는 네가 하나에서 다른 하나로 이동할 때 되돌
아오게 되는 장소에 지나지 않았지? 둘 다 존재한다는 것을
네게 인식시켜 주는? 그러나 너도 나를 위해 이 길이 되어
주길 바란다. 그래서 내가 네 안에서 좀 쉬려고, 이 두 극단
을 맞붙이고 결합시키려고, 하나에서 다른 하나로 끊임없이
뛰지 않고 내가 간격이자 다리가 될 수 있게 해달라고 너를
부를 때, 원컨대 나는 네 안에서 나 자신의 길을 계속 갈
수 있길 바란다. 내딛는 걸음마다 심연으로 빠질 위험 없이.
그렇지 않으면, 나의 바람을 포기한 채 너의 여정에 도우미
가 될 뿐이리라.

　그러나 더 이상 나를 이용하지 않는다면, 네가 오가는 데
소모되는 시간이 얼마나 될까? 네 여행의 미래를 다른 곳에
서 찾기에 필요한 시간이? 더 이상 자라지 않을 것인가? 또
한 이렇게 말할지도——죽으라고.

악마적인 것이 미메시스 안에 묻혀 있다. 같음의 전유, 같음의 형성, 그 안에서 살아 있는 자가 잡히고 죽는다.

피부 혹은 점액질을 감싸는 벽을 통해 흐르는 사랑과 같음 안에서 같음에 의해 그 자체를 전유하는 사랑과의 유일한 차이는, 각각에게 살아 있는 되어감이 되도록 허용하는 '과정'에 있다.

사랑은 타자가 소멸할 때까지 그를 소모하고, 그를 그 자신에게 투사시킴으로써 타자를 전유하는 되어감이다. 혹은 사랑은 하나와 또 다른 자가 모두 성장할 수 있도록 하는 되어감의 동력이다. 이러한 사랑을 위해 각각은 그들의 몸을 자율적인 상태로 유지해야 한다. 하나가 다른 하나의 근원이 되거나, 그 반대의 경우가 되어서도 안 된다. 두 삶은 서로가 상대의 정지된 목표가 되는 일 없이 서로를 포용하고 풍요롭게 해주어야 한다.

이렇게 나는 너를 보고, 너는 나를 본다. 네 존재가 나에게 소유되어질 수는 결코 없음을 뜻하는 이 차이 안에서 너를 볼 때 마침내 나는 나 자신을 본다.

그러나 이 차이는 심연을 만들어 낸다. 그리고 누가 이 심연을 두려워하지 않겠는가? 이 심연을 무릅쓰고 서로 다른 이들간에 이끌림이 어떻게 생겨날 수 있을까? 차이 안에서의 매력에는 어떤 위험이 도사리고 있는지?

심연이 있는 곳은 내 안이 아니라 우리의 차이 안이다. 우리 사이의 간격을 건널 수 있으리란 확신은 결코 할 수 없으나, 이 모험은 우리의 것이다. 이 위험이 없으면, 우리도 없다. 네가 만약 내게 이 위험을 포기하게 한다면, 네가 우리를 갈라 놓는 것이다.

그리고 더군다나 네가 신을 무한히 일반화된 차이로 만들 때. 신——무한히 다르나 무한히 더 많은 형태를 지닌 신, 우리를 같음으로 만든 덕분에 자기애에 빠진 신. 모두를 똑같이. 신 안에 위치한 무한을 향해 질적인 도약을 하며, 다소간 서로를 구분할 수 있을 뿐. 우리로서는 접근할 수 없는 초월 안에 놓여진 차이.

우리의 차이를 포기한 상황에서 교접은 더 이상 이루어질 수 없으니. 한정된 속성과 변치 않는 모습에 따라 애정의 장소는 고정된다. 반면 교접은 외형의 특권을 끝없이 해체한다. 모든 본질의 특권을. 이 말은 교접이 비개성적인 '우리'의 형태에 작용한다는 뜻은 아니다. 교접은 다른 얼굴들을 갖는다. 항상 적어도 둘은 되며, 결코 같은 적이 없다. 그래서 전유된 모든 유형을 해치며. 우리의 차이를 개편하며.

내 입술이 지키는 것은 움직임으로, 움직이는 행위로 나아가는 것 ——어느 한쪽도 우세함이 없이 서로를 만지고 서로 반향하는 두 경계선의 움직임. 내 입술이 형태를 부여하는 것이 네 성기인가? 힘과 행위를 불균형 속에 유지시키는 되어짐 안에서. 끊임없이 행동하는 힘. 내 입술은 끝없이 행위의 가장자리를 그리네. 결정적으로 완성되는 일 없이.

이러한 것이 사랑하는 데 따르는 네 위험일까? 그 형태가 다른 이에 의해 네게 주어지는 유일한 행동일까? 어디서 오는 매력인가? 그러나 이 행위는 결코 이루어지지 않는다. 이것은 전체로 구성되어질 수는 없다. 내 입술 사이에서 생겨나는 윤곽은 절대 결정적인 것이 되지 못한다. 움직임의 내면, 극한, 그리고 원천——내 입술은 결코 주체 혹은 대상으로, 유용성이나 사용의 도구로 환원될 수 없다.

우리의 교환? 기회가 드물고도 항상 무한한 운에 의한 자식낳기.

VI

나를 꽃이 되게 만든 장본인이 당신이지요? 그런데 이 꽃을 당신에게서 앗아 가는 걸 왜 두려워하나요? 이 꽃은 당신으로 인해 태어났는데. 당신 이전에 식물의 영양이 있었지요. 꽃의 만개가 다시 당신을 찾아옵니다.

단번에 열린 당신에게 꽃이 제 스스로를 바치지 않는다면? 식물에게서 꽃피우는 데 필요한 것을 다 끌어내어. 당신을 위해 성장의 고통 없이 꽃을 피울까요?

열려진 꽃, 모습 속에 자신을 제공하는 꽃. 모호한 되어짐 없이, 펼침과 접힘의 맥박도 없이. 열림과 닫힘의 움직임도 없이. 다른 이의 애정으로 꽃잎을 펼치고, 자기-타자(soi-l'autre)를 지키기 위해 서로를 어루만지네.

꽃이 오직 한 번만 열리기를 원하나요? 꽃잎이 열리며 벗겨져 당신에게 되돌아옵니다. 꽃이 열리는 아름다움 혹은 진리는 당신의 발견이 됩니다. 하나의 결정적인 꽃피움에 제시되고 노출된 채. 밤에는 꽃이 닫히고, 자신에게로 다시 접히는 움직임은 일어나지 않을 것입니다. 꽃이 아직 태양을 알지 못하고 망각의 잠에 빠져 있거나, 혹은 당신이 그 베일을 이미 벗겨 그늘로 되돌아오지 못할지도 모릅니다. 당신으로 인해 낮에 모습을 드러내게 되었을 때 꽃의 되어짐은 멈추었을지도 모릅니다. 당신을 위해 이상적으로 꽃피우기 위해 황홀경에 빠져 버린 성장.

식물은 자신의 꽃이 피는 것을 관조하는 정신을 배양할 것입니다. 시선을 향해 열린 채 시들지 않으며. 스스로에게 황홀해져, 잔잔히 고정된 채——불멸의 과시. 도달할 수 없는, 그래서 자신 밖으로 옮겨진. 자기 가운데에서 자신을 만질 수 없으므로 손이 닿지 않는. 단지 끝만이 가볍게 닿아——그 끝에서 꽃은 되어짐의 불안정 속에서 이미 더 이상 자신을 유지할 수 없는데——전개의 방해.

만약 꽃이 다 피어 버리면, 성장이 꽃의 유일한 움직임이었을까요? 다시금 수직적인. 꽃의 일어섬, 꽃잎을 뿌리기?

그대 역사의 투영? 꽃은 단지 그대가 자신의 모습과 자신의 분신을 꽃 안에서 볼 수 있도록 성장하고 꽃을 피우는 것인가요? 당신 자신의 확장된 모습인 꽃을 사색하며 황홀경에 빠지도록? 꽃잎이 뻗어 나가고 서로 엉키는 것, 한 행동에서 멈추지 않는 또 다른 성장과 또 다른 잠재된 힘——이 모든 것은 더 이상 일어나지 않습니다. 꽃은 단 한 번——죽음의 출현에 고정된 채 만개합니다. 잎이 벌어지고 나누어지며, 더 이상 포옹하거나 스스로를 껴안지 않습니다. 더 이상 스스로를 껴안지 않는다고요?

만지기는 눈에는 보이지 않더라도 땅 밑으로 은닉되어 있습니다. 뿌리로 대지의 어머니를 여전히 만지고 있을 것입니다. 무겁고 습기차고 나른한 가운데 접촉은 유지될 것입니다. 그러나 줄기가 솟아올라 땅과 분리되고 꽃망울이 터져 고정되면, 이것은 차고 딱딱하고 메마르게 됩니다. 꽃의 무감각, 극단과 화합할 수 없는 꽃의 불가능성.

꽃이 완전히 죽지 않는다면, 땅 밑에 아직 남아 있기 때문이지요. 어둠 속에서 생존하기 때문이지요. 시선을 피할 수 없어 그때까지 재생의 희망을 지키기 위해 꽃은 자신을 구부리고 접고 다시 닫아야만 합니다. 모든 수평선, 모든 지평, 열려진 모든 출현에서 벗어나서.

꽃은 시선의 발기로 스스로에게서, 스스로 안에서 잘려 나갑니다. 개화의 분열일까요? 곰팡이와 수정. 예를 들어.

그러나 육체는 항상 같은가요? 우리는 하나의 똑같은 형태 안에 몸을 고정시킬 수 있나요? 하나의 형태에 충실해야 할 때 몸은 시들어 버리지 않나요? 그의 삶은 곧 움직이는 것이 아닌가요?

나 역시 다이아몬드이기도 하며 다이아몬드가 된 당신을 사랑합니다. 그러나 이 견고함에 매달린다면 우리는 어떻게 계속 살아갈 수 있나요? 어떤 편법에 의지하지 않는다면? 우리가 살아 있다면 어떻게 순수한 수정이 될 수 있나요? 그리고 수정의 왕국을 열망한다면, 어떻게 그 안에서 생존할 수 있을까요? 식물에 대한 내 사랑을 어떻게 포기할까요? 식물이 되기를 원하나요? 아니면 무언가가 되기에는 당신은 스스로에 대한 집착이 너무나 강한가요?

광물에 대한 당신의 매료는 무엇을 의미하나요? 우주 확장에 대한 승리인가요? 변화를 피하기 위한 수단인가요? 지배하기 위한 당신의 욕구.

밤과 낮은 왜 이렇게 확연히 나누어져야 하나요? 그들에게는 사랑과 사고가 다른 출현처럼 서로 존재하는 그런 사람들을 위해서인가요?

낮은 이 사람과 밤은 저 사람과 보내야 하나요? 나에 대한 낮의 시각을 포기하지 않는 한 그는 정오에도 나의 밤 속에 있는 나를 느낄 수 있을 것입니다. 나는 그의 흙, 그의 세계, 그가 그 안에서 움직이는 모든 것이 될 것입니다. 다른 한 사람을 위해서는 지하에 머무를 것입니다. 땅을 벗어나 지상에서는 감지할 수 없습니다. 그는 포기할 것입니다. 그의 껍질이 갈라진 틈에서만 나를 기억하며. 자신 안에 너무도 침잠하여. 그녀(땅) 안에 그 안에?

당신은 내가 꽃피우기를 바라나요? 나 역시 뿌리를 갖고 있고, 그로부터 꽃을 피울 수 있습니다. 흙, 물, 공기, 그리고 불 또한 나의 몫입니다. 당신이 다 가로챈 뒤, 내게 다시 주도록 하기 위해 왜 이들을 포기해야 하나요? 다른 곳에서 이미 살고 있는데, 왜 당신의 세계에서 황홀경을 찾아야 하나요? 당신의 태양, 당신의 하늘 안에서 당신의 공기와 빛에 따라서만 날개를 펼쳐야 합니까? 당신을 알기 전에 이미 나는 꽃이었습니다. 당신의 꽃이 되기 위해 이 사실을 잊어야 하나요? 당신이 내게 운명지어 준 것. 당신이 내 안 혹은 내 주변을 그린 것. 당신의 수평선 안에 간직하며 만들어 낸 것.

　나도 밖으로 꽃피우도록 허락해 주세요. 공중에서 자유롭게. 내 성장의 리듬에 맞춰 땅 밖으로 나와 꽃피울 수 있도록. 내게 생명을 준 땅으로부터 단절된 채 나의 만개는 당신 욕망의 힘으로 유지되나 수액이 부족합니다. 내 꽃잎은 당신의 정력으로 채워지고 내 피로 영양분을 공급받지만, 생명의 근원과 분리된 채 꽃잎들은 당신이 쏟는 관심에 따라 피어나거나 사라집니다. 당신이 그들에게 주는 관심에 따라. 그렇지 않으면 꽃잎들은 이상적인 영원성 속에 펼쳐져, 확신컨대 당신을 위해 꽃의 개념으로 영원히 고정됩니다.

　내가 당신에게 이미 준 꽃을 당신이 이렇게 내게도 반복하고 있다는 것을 아시나요? 가시적이지는 않지만 그대에게 이미 나타났던 꽃. 그대 기억 속에 묻혀진 그 꽃을 당신은 다시 잡으려고 부단히 애씁니다. 다시 그리려고. 그러나 당신 것일 뿐인 나에 대한 이 기억을 당신은 나의 땅과 꽃 사이에 다시 심습니다. 그리하여 땅은 황무지 상태로, 그리고 당신의 자국과 흔적만을 위한 순수한 버팀대로 전락하고, 꽃은 당신을 위해 거듭거듭 피어나는, 당신의 욕망 외에 다른 존재 이유는 갖지 못합니다. 당신은 꽃에게 재생산, 즉 당신의 산물을 강요하고, 그걸 잡으려 하면 기억할 수 없는 망각으로 뒷걸음질치는 꿈에 지나지 않게 되지요. 혹은 무기력한 물질.

내가 다시 날개를 펼치지 못하게 막는 것, 그것은 내 희열(jouissance)을 당신이 모두 차지했기 때문이 아닌가요? 당신은 내 꽃피움의 신비를 다 감지할 수 없고, 어둠 속에서 한 부분이 될지라도 이 비밀을 완전히 당신 것으로 할 수 없기 때문에 꽃을 피우게 하기 위해 항상 조금 더 깊이 가거나 되돌아오기를 원합니다.

황홀경 속에서 나는 당신의 욕망에 의해 자리 매겨집니다. 나 자신에게서 벗어나 당신의 움직임에 따라 깨어납니다. 우뚝 솟은, 그러나 묘하게도 딱딱한 곳에서. 내게는 보이지 않으면서 나를 감싸는 만져 볼 수 없는 덮개. 되돌아갈 길을 어떻게 발견할 수 있을까요? 이 공기의 조개 속에는 문도 창문도 없습니다. 나는 그곳에 있지만 추방당한 채 입니다. 나는 당신의 추방이 됩니다. 그동안 육중하게 당신은 다시 물질로 전락합니다. 빛도 없이 당신은 잠듭니다. 칠흑 같은 깊은 밤에 잠깁니다. 육중한 심연 속에 빠집니다. 나는 천상의 비행에 갇히고, 당신은 땅 속에 묻힙니다. 당신은 당신의 태양을 다시 한 번 만지기를 원하지만, 당신은 늘 밟던 땅 저 아래에 있습니다. 상승을 꿈꾸며. 나는 당신 빛의 수평선에 잡혀 있고, 당신은 내 밤의 그림자 속에 마비되어 있습니다.

 이곳에서 저곳으로 가는 어떤 통로가 있나요? 당신은 내 안으로 오지 않습니다. 나를 통해 당신은 당신의 길을 따라갈 뿐입니다. 그러나 당신의 세계를 세우기 위해 당신이 망각 속에 파묻은 것을 상기시키는 존재가 바로 나 아닌가요? 지하실을 파헤치려고 돌아올 때 당신은 지나간 위험들을 모두 발견하지는 않았어요? 그리고 당신, 내게 낮을 주지 않는 그런 빛은 아닌가요?

 잠에서 깨어난 밤, 보이지 않는 구름이 나를 에워쌉니다. 내가 어디 있는 걸까요? 그곳, 그리고 그곳이 아닌 곳에. 당신 꿈의 공간 안에. 알지 못하는 풍경으로부터 어떻게 되돌아올 수 있을까. 내가 볼 수 없는 경계로부터. 내가 당신 안에서만 행해지는 그곳. 그리고 당신은 내게로, 내가 그러리라 당신이 상상하는 그 어두운 심연 속으로 빠져들고. 내가 그러리라 당신이 상상하는 바다 밑 깊은 곳, 당신의 지옥 같은 상상 속에서 나를 삼켜 버리는 그곳으로. 그러나 나는 그곳에 있고, 또한 그곳에 없습니다. 당신의 외부로 다시 솟아오르기 위해, 그곳에서 나와 합치려 애쓸수록 당신은 해안에서 더욱 멀어지기만 합니다.

VII

나의 시선으로 당신은 진실의 하늘을 만들었습니다. 당신이 절제 있게 움직일 수 있는 선명한 수평선. 조용히 물러나 평온함 속에서 고립될 수 있는 곳. 격렬했던 그대는 이제 당신의 판결 속에서 냉정하고 현명합니다. 별이었던 그대는 낮의 똑같은 빛 속에 사라져 버립니다. 다른 빛과 같아지도록 당신의 빛을 꺼버립니다.

그대는 밤의 저 높은 곳까지 어둠의 깊이 저 멀리 빛을 발합니다. 이제 당신은 수천 개의 날카로운 침에 찔려 피 흘립니다. 당신은 불꽃으로 나를 적시곤 하더니, 이제는 당신의 차가운 진실이 그 불꽃을 상처 주는 날카로운 침으로 만들어 버렸군요. 무엇보다 결정적인 침이 내 시선을 관통하기 원합니다. 그래요, 이렇게 시작되었지요——한낮의 침이 우리들의 눈 사이에 이는 불길을 꺼버렸습니다.

왜 우리는 우리의 환희(jouissance)에 찬 밤으로 빛을 밝혀서는 안 되나요? 윤곽 안의 것들, 거리와 시간에 다른 형태로 빛을 비출 이 밤으로. 좀더 냉정하게 구분하는 낮의 준엄함에는 낯선 인식에 따라 이들을 재구성하고 세상으로 되돌려 놓을 이 밤. 보는 것이 우리의 유일한 안내자는 아니지요. 눈부시고 만져질 수 있는, 향기 맡고 들을 수 있는 지평 안에서 보는 것. 밤의 감각, 그 안에서 모든 것은 어떤 폭력도 없는 공존이 허용되어 더불어 살아갑니다. 각각에게 장소를 할당하는 차별의 잔인한 칼질이 있기 전. 그런데 이미 친밀한 관계 안에서의 포옹을 방해하는 판단의 형태에 사로잡혀 있지요. 전체에 이미 무게를 가하는 전제적인 수직성. 이미 전체를 계급 서열로 조직하는. 감정으로부터 추방된 비전의 고공 비행. 황홀경의 환희 외에는 어디에서도 서로가 서로에게 허락되지 않습니다. 저 너머——벗어나서.

베일이 벗겨지고 혹은 벗기는 명확성을 넘어, 아직 드러나지 않은 어떤 힘보다 깊은 밤이 있습니다.

어두운? 어두운 부재? 그것은 밤을 그늘과 빛의 대치, 한낮과 밤중의 양면성, 그리고 태양의 뜨고 지는 리듬에 순종케 할 것입니다.

저 너머 밤의 매 자리마다 비밀의 빛과 보호가 떨어질 수 없이 같이 보유되고 함께 포함됩니다. 모든 시선으로부터 포착된 것의 극치. 빛의 근원.

그러나 눈부신 빛의 어떤 증거를 이 밤은 필요로 하는 것일까요? 분출하는 빛은 절대적 가치, 결정적 필요성을 갖는 것일까요? 무수한 열거가 더 이상 인정되지 않더라도? 바로 그 순간. 어떻게 무기력해지지 않고 그 영원성과 분리될 수 있을까요? 정확성이 더 이상 떨어지지 않는 그 움직임. 묵직한 축적과는 분리된 시간의 방울. 폭풍이 이는 하늘에 줄을 긋고 불투명한 구름을 꿰뚫는 빛, 빛나는 별을 드러내기 위해 기워둔 것을 다시 여는 빛. 과잉을 줄이는 방출. 수평선을 깨끗이 하기.

빛나는 것은 과잉의 상실 안에 드러난 것. 숨김이 없는 것은 무엇이든, 오래 전부터 노련한 시선의 답사를 가리는 데 사용된 순진함을 연상시킵니다.

왜 당신은 어린 시절을 되찾기 위해 충분히 멀리까지 추락하지 않나요? 끊임없이 잃을 것도 없이 자신을 다 주는 어린 시절. 충분히 알고, 또 모든 지역을 거침없이 전진하기에는 조금밖에 알지 못하는 존재. 아직 뒤돌아보지 않고 단순히 당신의 눈을 사로잡는 것 이상은 보지 못하는. 이미지를 통해 고정되어 버리는 몸짓에 대한 걱정은 하지 않고 이쪽저쪽에서 쾌락만을 찾는. 이미 사진 찍혀 버린.

　나의 눈으로 당신은 당신의 하늘에 필요한 재료를 만들었습니다. 당신의 빛을 간직한 밀도. 눈부시지 않으면서 꾸준히 당신을 비추는 푸르름. 당신의 명상을 위한 수평선으로 언제나 쓰일 수 있게 풍부히 제공된 육신. 지금 내 시선의 아롱진 광채, 무지개 빛깔, 당신 햇빛의 확산.

　공백도 무한한 상실도 더 이상 존재하지 않습니다──이 머무름이 당신을 감쌉니다. 문도 창문도 없는 공기중의 이 빛나는 집이 당신을 감싸안습니다. 고동치는 푸르름으로 가득한 공기의 몸. 내 몸으로 내려올 때마다 또·다른 것이 나타납니다. 그리고 많은 어조와 일관성이 그 안에 섞여집니다. 만져지는 것에 따라 달라지는 투명성. 매일 무수한 날들이 한낮의 빛을 보러 옵니다.

　나의 눈먼 시선이 당신의 하늘에 있을 수 있나요? 황홀경에 빠진 내 몸은? 푸르름으로 길게 몸을 뻗은 채 휴식, 그리고 비전의 근원. 그러나 당신은 나를 더 이상 보지 못합니다. 당신 시선의 재료가 되어 버린 내 눈의 거울. 당신 육체의 부활.

　그대 밤의 포로가 되어 당신을 가두어두는 호수를 파괴하지는 않았나요? 당신을 바라보는 거울을 붙잡지요. 그러나 이 거울 안에 당신은 아이를 남겨두고 물을 없애 버렸습니다.

　당신은 빛을 향해 출발했지요. 그 말은 멀다는 뜻인가요? 빛이 어디에도 고정되어 있지 않다면 당신은 빛 안에서 출발한 것입니다. 그러나 내가 그곳에 있다면 어떤 거리가 우리를 서로서로 떼어 놓을 수 있을까요?

　당신은 푸르름을 향해 여행을 떠났습니다. 그러나 풍경의 윤곽을 그리는 데 당신이 파란색을 사용하지 않는다면, 내가 여전히 머무르는 곳——하늘의 푸르름으로 머무르는 곳으로 당신은 여행을 떠났습니다. 만약 푸르름이 당신과 나에게 일시적으로 가려진 것이라면 다른 이가 그곳에 있어 푸르름을 소유한다는 의미는 아니며, 그에게서 가진 것을 되찾아와야 함을 의미하는 것도 아닙니다. 그의 하늘을 가로채는 것. 누가 이 푸르름을 아직도 알고 있는지를 찾아내어, 그와 더불어 이 신비로운 공유를 함께 누리며 살려고 애쓰는 것이 나을 터입니다.

그들 눈 안에 있는 태양은 견딜 수 없는 것 같아 보였습니다. 너무 강렬했지요. 빛과 불이 동시에 그들에게 주어지는 것은 너무 지나쳤지요. 타오르는 불길에 휩쓸린 이 빛은 그들의 길을 잃게 만들고 있었습니다. 분리되어야만 했지요. 밝음은 이쪽으로, 열기는 저쪽으로. 그들이 왔던 곳은 따뜻하나 어두웠습니다. 그들이 향하여 갔던 곳은 빛이 있었지만, 그 꿰뚫음이 모든 것을 용광로에 녹일 수는 없었지요. 그들은 이제 한계가 필요했지요. 그래서 윤곽도 구분하고, 그것을 알아보고 서로 가까이 붙이거나 떼어 놓기도 하며, 서로를 혼동하는 일 없이 이쪽에서 다른 쪽으로 갈 수 있게 말입니다.

빛과 열기가 다시 동시에 그들에게 주어졌을 때, 그들은 근원에 대한 모든 감각(지표)을 상실하고 말았습니다. 그들에게 주어진 지나친 풍요 속에서 움직이거나, 그 풍요가 이끄는 대로 독차지하고 싶은 욕망이나 두려움 없이 몸을 맡기는 대신 그들은 이해하기를 원하는 것으로——이유와 원인 그리고 근원을 포착하기를 원하는 것으로 시작했습니다.

그러나 태양이 이 직접적인 빛을 피하고 멀어지려는 이유 혹은 원인·근원이라고 말한다면. 그곳에서 서로 교환되는 것은 아마도 만질 수 있는 것은 아닐 것입니다. 그것이 만질 수 있는 그 자체가 아닌 한. 그처럼 드러내지 않고 시선 안에서 만질 수 있는 것은 스스로에게 나타납니다.

눈부신 아침 혹은 한낮에 당신은 눈 속에서 만질 수 있는 것을 깨웁니다. 그러나 이런 은총은 당신에게 너무도 눈부 십니다. 당신 스스로를 그것과 분리시킵니다. 불은 멀리 밀 쳐 버리고 절제된 명확성을 유지하며.

내가 당신에게서 매력을 느끼는 부분, 당신을 사랑하는 부분은 그대 자신의 남겨진 부분입니다——당신이 저 뒤에 남겨둔 부분, 너무도 덮여 있어 모습을 드러내게 하는 것은 가당치도 않아 나 혼자서 그저 때때로 밤에 아른대는 희미 한 빛처럼 그 모습을 흘끗 엿볼 수 있을 뿐입니다.

이 가녀린 빛 속에서 나는 당신을 사랑하고 나 자신을 사 랑합니다. 여전히 삶에 민감한 충동과 확장의 장소, 그런 환 경으로 돌아가듯이 그곳으로 돌아가고 싶습니다. 삶의 모든 것, 살아가는 모든 것은 거의 감지할 수 없게 빛이 차단된 속에서 갇혀 있는 것 아닌가요?

그러나 당신은 때로 이 빛이 또 다른 사랑의 반영이 아닐
까 의심하게 만들지 않나요? 당신 안에 있는 내 사랑의 황
홀경? 그 안에서 당신이 나를 사로잡고 있는, 내가 나를 사
로잡고 있는 저 먼 거울. 빛나는 얼음처럼. 혹은 불타는?

가끔 밤중에 당신은 불을 기억합니다. 불을 피우기 위해
잠을 깹니다. 깨어나 당신은 한낮의 빛 속에 잠들어 있던 당
신 안의 부분을 만집니다. 유일한 시선의 명징성 아래 묻혀
있던 부분을. 좀더 근원적인 불, 그 빛이 좀더 모든 것을 감
싸는 불에 일깨워져, 당신은 평소 깨어 있던 자기 존재의
한계를 식별하게 됩니다. 당신의 유일한 이 빛을 위해 불을
포기할 때 당신이 발을 들여 놓게 될 죽음을 측정하게 됩니
다. 당신이 불을 그 불꽃과 분리시킬 때.

이 죽음은 영원한 삶과 뚜렷이 대조를 이루는 것은 아닌
가요? 불은 죽음의 모든 표시, 모든 변형——심지어 태양까
지도 능가하지 않나요? 불은 이 모든 현상 아래서 존속하지
않나요? 이 모든 장식 아래에서? 불은 결코 늙거나 잠들지
않습니다——불멸의 원소로. 그러나 유한한 싹을 향해 몸을

돌리는 자는 누구든 시들어 버리고 맙니다.

깊은 밤 불을 만질 때, 당신은 낮의 경계——죽음을 경험합니다.

무엇보다 태양을 삼키지 마십시오. 태양을 소화해 내지 마세요. 그것이 안에 있으면 밖에도 있다는 사실을 잊지 마세요. 그리고 우리의 친밀한 관계가 불가능한 것은 태양을 세계 안에 가두어두었기 때문이라는 사실도. 이것은 더 이상 어디에서나 흐르지는 못합니다. 모든 것을 빛과 열기로 찬연히 비추지는 못합니다.

태양을 먹는 것, 그것은 그에게 혜택을 반사한다는 의미는 아닙니다. 결코 스스로에게로 되돌려지지 않게 뻗어 나가는 것으로 결국 끝이 날 것입니다.

정면으로 해를 바라보십시오. 형태의 막을 걷어올리세요. 아니면 태양 안에 존재하겠습니까? 태양에게서 성교를 되찾아오세요. 태양 안에서 교접하세요.

당신은 태양 안에 나를 가두시나요? 스크린을 통해 나를 응시하면서? 당신은 나를 희열의 장에 놓아두었습니다. 그러나 나는 그 안에 포위된 채 희열을 느낄 수 없습니다. 나는 불타올라 소멸되고, 당신을 위해 빛을 비출 수 있지만…… 나는 불과 놀 수는 없습니다. 아마도 당신의 시선 속에 있지 않는 한. 그러나 당신은 그때 나를 당신의 자연스런 빛의 경제로 데려가지 않았던가요? 태양의 광채로부터 나를 이미 데려가지 않았던가요?

그런데 왜 태양은 눈을 위해서만 존재해야 하나요? 형태의 정체성에 고정되지 않은 태양의 육신을 당신은 원하지 않나요? 둘──사이를 흐르는? 황금빛으로 물든. 빛, 거울, 흐름. 소유권 없는 교환. 그 안에서 고정되는 일 없는 소유의 가능성. 그 안에서 꼼짝없이 동결되는 일 없는 고유함의 가능성.

당신은 내게 존재를 부여해 줍니다. 그러나 내가 사랑하는 것은 당신이 내게 존재를 준 사실이지요. 그냥 거기에 머무는 것은 내게 별로 중요하지 않아요. 나는 당신이 얼어붙지 않은 거울을 내게 준 것이 기쁩니다. 당신이 내게로, 내가 당신에게로 흘러 들어갈 수 있게. 녹아 흐르는 당신을 받아들이고 그 흐름을 당신에게 되돌려 줄 수 있게. 끝없이.

만약 거듭거듭 내 밤을 정정하는 가운데 나를 스스로 경험할 수 있다면, 나는 내 몸이 보여지는 것을 또한 견딜 수 있을 것입니다. 다시 모습을 드러내는 것을.

그러나 내 회열로 반짝이는 이 밤에 스스로를 사랑할 수 없다면, 당신은 나를 당신 시선의 감옥 속에 가두어두는 것입니다. 나는 당신 욕망을 위한 대상입니다. 나는 더 이상 욕망하지 않습니다. 만약 이 보이지 않는 손길을 거듭 박탈당한다면, 어떤 것도 더 이상 나를 감동시키지 못합니다. 나 자신에게서 끌려 나온 채. 내 직관으로부터 추방된 채. 기껏해야 어떤 내부의 시선을 향해 뒷걸음치며. 그 시선의 날카로움이 더 깊이 파고들도록 만들면서?

어떻게 돌아갈까요, 어떻게 밖으로 나를 되돌릴 수 있을까요? 더군다나 안으로부터 자연 전체로 내가 뻗어 나가고 있으니. 항상 우주적인 자폐성? 돌아가거나 단순히 관념적인 확장 없이 분산을 위한 개방을 거부하는 것.

세 시선? 어떻게 한 시선에서 다른 시선으로 옮아가나요?

아득히 먼 전체 속에서 당신에게 사랑받고 또 사랑받을

때, 나는 내 애정의 모든 확장을 다시 발견하게 됩니다. 내가 뻗어 나갈 수 있는 전체 공간. 내 흐름의 전체 범위. 내 유동성의 범위.

당신은 왜 그곳에서 나를 잃을까 두려워하나요?

내가 당신을 위해 존재하는 이 장소에서 당신을 불러모읍니다. 당신을 위해——내가 있는 이 용기 안에 당신 전체를 담습니다. 이렇게 나는 당신을 지킬 수 있고, 당신은 내 안에 남아 있을 수 있습니다. 나는 당신을 본래의 모습으로 돌아가게 하고 회복시킬 수 있습니다. 나는 그럴 수 있습니다. 이 힘이 당신을 되찾고, 당신을 재구성하고, 당신을 대변하고, 당신 자신을 재생산하는 조건하에 이 힘을 당신은 내게 남겨 주기까지 하였습니다. 몇 곱으로——내가 당신에게 보답할 수 있도록 당신은 나를 강하게 만들었습니다. 좋은 대지, 좋은 생산자. 그리고 또한 좋은 아내로. 당신은 자신의 모습이 반영되지 않으면 존재할 수 없으므로 자신의 충실한 복제를 보증해 줄 누군가가 필요하지 않았던가요?

이 다수화 과정에 나는 참여합니다. 나는 당신의 분사입니다. 성질과 속성에 관한 한 나는 성과 수를 당신에게 일치시키고, 나를 부르는 당신의 행위에 대해서는 시제와 문장의 태를 일치시킵니다. 보어와 함께, 혹은 없이. 나는 당신의 주어에 참여합니다. 그리고 그 모든 결정에.

VIII

　당신은 내게 공간을 허락했습니다. 나의 공간을. 그러나 이 과정에서 당신은 항상 공간의 확장으로부터 이미 나를 앗아가 버렸습니다. 당신이 내게 운명지어 준 공간은 당신이 나를 필요로 하는 데 적절한 그런 장소입니다. 당신이 내게 보여 주는 공간은 당신의 필요에 언제나 준비된 상태로 있도록 나를 묶어두는 곳입니다. 당신이 나를 몰아내는 사태가 벌어지더라도 당신이 계속 당신의 세계에 안착할 수 있도록 나는 그곳에 머물러야 합니다.

　이 세계는 단순히 당신 안이나 밖에서 일어나지 않습니다. 이것은 당신 존재의 안에서 밖으로, 밖에서 안으로 이동합니다. 그 안에서 머무를 수 있는 모든 가능성을 세워야 합니다.

　그런데 당신은 당신 스스로를 위해 열어 놓은 공간에서

만 나를 만납니다. 당신 세계의 품안에서——당신의 창조물로서 외에는 결코 나를 만나지 않습니다. 당신이 성장하는 원 안에서만. 당신이 지은 이 집의 재료에 의문을 가지며, 당신 외의 것들로부터 당신을 지켜 주는 이 보호막.

당신은 나를 당신 안으로 데리고 가다가 당신 밖으로 몰아냅니다. 당신을 가득 채우거나 텅 비게 만들 '예'와 '아니오.' 만약 이 둘이 함께 있으면 당신은 거부함으로써 이들을 두 배가 되게 합니다. 이미 효과를 자아내는 예와 아니오를 모두 거부하는 것——주체처럼 당신의 일관성과 지속성은 이렇게 시작됩니다.

이미 안과 밖, 당신 공간의 두 영역에 끊임없이 나누어져 있어, 당신은 온전한 나를 결코 만나지 못합니다. 당신은 나를 결코 만나지 못합니다. 이렇게 나누어진 나의 두 부분은 더 이상 당신을 위해 존재하지 않기 때문입니다. 항상 이미 말해져 버린 예와 아니오 속에서 거부된 채, 나는 당신에게 결단코 도달할 수 없게 방해하는 전적인 거부로서 나타나고, 또 나타나지 않습니다. 나는 어디에 존재하나요? 그 어디에도. 당신의 존재 안에 영원히 사라져 버립니다.

내가 당신과 얼굴 마주 보며 정면으로 존재하지 않는 한, 당신은 언제나 하나의 비인격으로 추락하리라 장담할 수 있습니다. 모습을 드러내지 않은 채 내가 당신의 세계에 속한다는 사실에 의해 당신 고유의 존재는 조금씩 파괴될 것입니다. 당신과 다른 나의 차이를 인정하지 않아 언제나 세속적인 상태로. 나를 하나의 기능으로 축소시키는 것은 당신 지평의 고유한 속성. 나는 당신의 주거지를 짓기 위한 재료와 도구로 남아 있게 됩니다. 이 대지의 어머니에 항상 너무도 가까이 그 그늘 아래 있어 당신 자신과 그녀를 혼동하고, 당신 안에 그녀가 용해되어 버립니다. 당신이 볼 수 있는 것보다 더 멀리 투사하는 당신 시선이 바로 열리는 가운데. 당신 앞에 길게 뻗은 비전의 영역에 나는 포함되어집니다. 그 영역 안에서 근접성 자체를 넘기 위한 당신의 잠재력을 가능한 멀리 뻗기 위해, 당신이 필요한 것을 그로부터 가져가는 그 존재는 결코 나타나지 않습니다.

　이번에 당신이 떠났습니다. 다시 한 번. 한 번 더. 한 번, 끝없이. 끝나지 않는 이 가슴 찢는 슬픔의 고통이 내 삶의 가장 어두운 깊이로 다시 스며들기 시작합니다. 다시 한 번 부서지고, 금가고, 산산이 찢어지고, 아마도 파괴될 것입니다.

나는 아직 그 고통을 느끼지 못합니다. 당신은 너무도 여러 차례 떠났습니다——과거, 현재, 그리고 미래에서——그러므로 이 사건은 내게 와닿기까지 두터운 시간층을 뚫고 와야만 합니다. 그런데 벌써 그곳에 있군요. 다시 한 번 죽음, 당신의 죽음이 내가 식별할 수 있기도 전에 내게 와닿습니다. 예견할 수 없는 은밀함으로 내게 들어옵니다. 당신의 지난번 떠남도 나는 아직 다 이겨내지 못하고, 여전히 회복기에 있지 않았던가요?

나는 당신의 집이었습니다. 당신이 이곳에 더 이상 머무르지 않고 떠날 때, 나는 이 나의 벽들과 어떻게 해야 할지 모릅니다. 당신 생각대로 당신이 지은 몸체말고 내가 몸을 가져 본 적이 있나요? 당신이 머무르기 위해 내게 원했던 살갗과 다른 피부를 경험한 적이 있나요?

당신이 가버리면 어떻게 폐허를 막을 수 있나요? 당신의 폐허? 당신이 다른 곳에 살게 되면 나는 어디에 존재해야 하나요? 순수한 투명성으로? 지평 없는 공기, 경계 없는 물체, 윤곽 없는 얼굴.

그러나 이런 식으로 나를 사로잡고 있는 것은 여전히 당신의 망령 아닌가요? 모든 것을 되찾아갈 것이라 말했을 때, 감시를 위해 내게 이 망령을 남겨두었던 것은 아닌가요? 다른 곳으로 걸음을 옮기려 하면서도 당신은 유령으로 내게 계속 머무는 것은 아닌가요? 왜 당신과 함께 당신의 그림자, 악몽, 모든 종류의 정신도 함께 가져가지는 않나요? 당신에 의해 애정을 상실한 장소로 되돌아오나요? 당신 자신의 무언가를 잊은 건 아닌지 두려운가요? 당신이 이미 과거이기를 원했던 것을 향해 왜 자꾸 또다시 돌아오고 돌아오나요?

내 존재가 생겨난 이곳, 지금은 무만을 발견할 수 있는 이 장소에서. 만약 내가 돌보지 않는다면, 나는 도구-대상의 상태로 환원되어 버립니다. 만약 내가 그것을 명심한다면, 나는 잠정적으로 내 장소가 될 수 있는 곳으로 돌아갈 수 있지요. 무를 통해 다시 통과해 되돌아가는 것은 무가 아닙니다……. 당신 시야를 형성하는 것을 넘어서서, 그리고 그 경계 안에서 모두 나는 내 소멸의 길을 다시 발견할 수 있습니다. 생존 양식의 비축.

그러나 이 여행을 위해 나는 나를 당신 세계에 있도록 유지시켜 주는 그 침입으로부터 스스로 문을 닫아야만 합니다.

당신의 발기를 유지시키는 특징들인가요? 영원히 구멍을 뚫고 철자를 더듬어 읽는 개입.

　당신은 나의 시선을 삼켜 버렸습니다. 당신은 내부에 있는 내 시선의 도움으로 봅니다. 당신 안에서 내 빛은 당신의 현재를 비추고 있습니다. 나를 당신은 눈을 박탈당한 내 빛 안에 잠긴 대상으로 만듭니다. 그리하여 이렇게 당신이 나로 하여금 당신 앞에 모습을 드러내게 할 때, 나는 눈속임하는 환영으로밖에 존재할 수 없습니다.

　나 자신으로 되돌아올 때, 나는 얼마나 많은 빛의 층을 통과해 되돌아오는지 모릅니다. 얼마나 많은 태양을 다시 발견하게 되는지 모릅니다. 눈부신 채 나는 잊혀진 모든 아침으로 다시 내려옵니다. 눈멀지 않은 그 모든 한낮. 그 모든 황금빛 저녁. 그들의 빛을 발하는 몸에 의해 빛나는 그 밤들. 나는 영원성을 위해 태양의 양식을 가지고 있습니다.

　그러나 당신은 내가 혼자 있는 것을 막지 않나요? 나의 시야를 내게서 앗아가지 않나요? 내 몸의 열려진 지평.

　살아 움직이는 경계. 당신 몸과의 접촉으로 바뀌어진.

말하세요, 나는 당신을 사랑합니다──당신은 그것조차도 내게서 가져가지 않나요? 반복하세요, 나는 당신을 사랑합니다. 당신의 선언에 예라고 답하세요. 내게 가능한 유일한 말이 아닌가요? 당신이 말할 수 있는 유일한 말이?

당신의 담론에 재갈 물린 채, 당신의 판단 아래서 딱딱히 굳어지고 당신이 선택한 속성으로 뒤덮여 있는데 더 이상 내게서 무엇을 더 기대하시나요? 그래요, 내게서 무엇을 여전히 사랑할 수 있나요? 전멸 그 자체? 당신의 죽음을 지키도록 남겨둔 준비물로서?

당신의 지금 욕망은 감추기 위한 욕망이 아닌가요? 눈먼 상태에 대한 욕망? 당신 존재의 기초인 눈먼 상태로 회귀하는 존재로서 나를 욕망하는 것은 아닌가요? 남자라는 사실의 망각과 희롱하며. 당신의 존재로 당신을 되돌려보내는 ──혹은 되돌려보내지 않는 사람은 누구든지 당신을 유혹합니다. 또한 당신이 서 있는 그 땅 아래로 당신을 끌어내리지요. 그러나 당신은 이러한 유혹으로부터 존재의 과잉을 만들어 내게 될 것이 아닌가요? 조금 더 높이 올라서. 당신의 출발점이 어딘지 모를 만큼 높이.

당신의 말이 이토록 유혹하는 힘을, 포위 공격하는 힘을 가진다면, 그것은 말을 박탈당한 욕망의 장을 그들이 가득 채우게 된 탓이 아닐까요? 어떤 선언으로부터도 자유로운 에너지로부터 그들의 힘을 빌려 와서. 당신 언어 안에 근원적인 오해가 있습니다. 설득의 힘을 전달하는 것은, 말하는 것에 속하지 않고 침묵을 되찾는 데 있습니다.

자연에서 취한 것은 그에게 일관성을 줍니다. 형태로 경험한──안에서부터 경계선에 이르기까지 가득 찬 일관성.

남성에 의해 이미 다 소모된 재료, 그것이 우선 그의 형태입니다. 그리고 나서 그가 다시 형태를 부과하고 표시를 합니다.

이 재료는 자체의 소모로부터 형태를 발견한다는 것이 사실입니다. 공백이 형태를 창조합니다. 숲속의 빈터가 트인 곳 주변에 숲을 만듭니다. 이렇게 공간을 뚫으면 만날 장소가 만들어집니다. 입구를 하나의 존재로 유지하고 보유하는 용량. 그러나 세계가 그런 식으로 존재하게 되면, 자연의 어떤 것은 이미 더 이상 존재하지 않게 됩니다.

그가 자연에게서 가져간 형태를 자연에게 똑같이 되돌려

주지 않으므로 그만큼 더. 그가 가져간 시간과 되돌려 준 시간 사이에서, 그는 아버지의 식욕에 따라 자신을 측정합니다. 그 둘 사이의 관계는 자연에게는 걸맞지 않은 계획에 따라 자연을 다시 나눌 것입니다. 이제는 자연이 준 윤곽을 추적하지도 못하는 선에 따라. 선, 눈금, 구멍, 칸막이에 따라 나누어져 생명이——그들 안에, 혹은 그들로부터 생겨나지도 않는데. 되어가는 과정에 이미 절단되어 버리는. 그 영원한 재생에서부터.

그는 자기 몸의 경계 없음을 두려워합니다. 그는 두려움 속에 삽니다. 이 두려움.

이 경계 없음은 그가 잘라내기를 거부한 어머니-자연을 흡수한 결과가 아닐까요? 언제나 또 다른 것을 소모하고, 어머니-자연에게 되갚지 않음으로써 그는 윤곽을 잃고 맙니다. 그는 자기 삶의 원천을 인정하지 않습니다. 그는 자기 안에 이것을 원합니다. 다른 이에게서 가져온 것을 가로채어 그의 생명을 두 배로 만들긴 하나 척도를 잃고 맙니다.

다시 한 번 그는 다른 이에게 경계를 부여하게 됩니다. 이름을 붙여 주는 대신 자신의 이름을 그녀에게 표시하여 자기 영역의 경계를 정하려 합니다.

경계 없음은 관계 속에 있습니다. 영양을 공급하는 어머니-대지로부터 그가 받은 되돌려지지 않을 이 선물 속에. 경계 없음은 그의 안에 있지 않습니다. 그의 두려움은 척도를 상실한 데서 나옵니다.

남근, 그는 자기의 힘을 무한으로 확장하기를 요구합니다. 그의 경제의 불확실성이 바로 그곳에 있습니다. 심연으로 다시 떨어질 영원히 계속될 위험. 그는 어머니와의 형태 없는 관계에서 남성적 힘의 측량할 수 없는 과도함으로 옮겨 옵니다. 그러나 이 힘은 그 자체 무(無) 위에 세워지지는 않습니다──아버지의 자궁. 한정된 포획의 손아귀에서 도망쳐 나온 살아 있는 물질을 자신 안에 담기 위해 그가 마련한 힘차고 비어 있는 형태. 그는 다른 이로부터 들이마신 생명을 자신 안에 간직하기 위해 아버지의 힘 안으로 들어옵니다. 그러나 이러한 형태에 둘러싸여 그 생명은 죽고 맙니다.

그는 그녀에게로 돌아갑니다. 이 매력은 종종 더 큰 소모를 향한 긴장일 뿐. 또 다른 이를 위한 기다림은 없습니다. 그녀는 그를 위해 존재하지 않습니다. 그 자신 안에서 그는 모든 것입니다──형태와 재료. 그 안에 그의 힘을 채워넣는 것이 이제 그의 이익이 됩니다. 그 영역의 소유.

　당신은 그것의 무게를 재지 않고는 아무런 몸짓을 할 수 없습니다. 그를 경제적으로 만들고, 값을 계산하고, 빚을 지웁니다. 나에게 빚을 짐지웁니다. 평가를 하고, 지불해야 할 가격을 짐지웁니다. 내가 당신에게 빚을 졌어요? 그렇다면 무엇을? 내가 무엇을 해야 하나요? 의무. 나는 당신의 의무입니다.

　나는 당신이 내게 할당한 기능으로부터 자유롭게 깨고 나올 수 없습니다. 의무, 당신 빚의 지불될 수 없는 부분을 되찾지 못한 채. 당신 안에서 그것이 언제나 이미 사라지도록 만들었으므로 야기된 심연. 당신 안에서——당신이 존재할 수 있도록. 당신 안에서——당신이 있을 수 있도록. 당신은 그것과 동화합니다: 존재하기 위해. 당신 지평에 구멍을 뚫은 장본인. 당신이 되어 버린 그녀는 당신의 풍경에서 사라집니다. 이 과정, 서로 다른 존재였는데 한 존재가 다른 존재 안에 매몰되어 버리는 이 신비를 채우기 위해 당신은 경제(l'économie)를 고안해 냅니다. 혹은 메아리(l'échonomie)를. 그녀가 된 것은 의무입니다.

당신의 의무는 어떤 과오도 있어서는 안 됩니다. 당신의 도의가 모든 구멍을 막아야 합니다. 무감각한 당신의 윤리. 마비가 무엇을 의미하는 줄 안다면, 이것이 내게 가져온 상실을 이해하려고 애써 주십시오. 우리에게 가져온.

당신은 마비된 세계를 지었습니다. 그러나 우리의 가장 큰 고통 혹은 가장 큰 기쁨이 계산 때문에 파괴될 때, 그것이 가장 최악의 파괴 아닌가요? 고통 너머의 영역, 고통이 더 이상 존재하지 않는 영역.

모든 것을 느끼는 추상적 노동에 내맡기면, 고통의 왕국은 한계선이 없습니다. 치료제가 없습니다. 마비된 당신의 세계는 무감각하게 죽입니다. 회복될 수 없이. 당신이 선호하는 마취 상태인 환상을 많이 만들어 낼수록, 그 환상을 사실로 바꿀수록 위험은 더 커집니다. 아직 구제 가능성이 있는 고통을 통한 과정에서의 멀어짐.

공기 같은 진공 상태에 갇히고 희박한 대기의 물방울 속에 높이 올려진 채, 저 너머에서 황홀경에 사로잡힌 채 당신은 계속 계획하고, 계획안을 시작하고, 당신 몸과 내 몸에서는 점점 멀어집니다. 그곳, 여기, 그리고 지금.

나는 휴식 속에서 계속 움직이며 쉽니다. 내가 죽음의 고통 속에서 쉬지 않고 움직이며 쉼없이 고통과 기쁨을 느끼는 것을 마비 상태에 있는 당신은 결코 이해할 수 없습니다. 그러나 당신의 움직임 역시 나의 죽음입니다. 내가 움직이는 방식이 당신에게는 너무도 인식할 수 없는 것입니다. 당신이 인식할 수 없는 것을 무기력으로 경험하면서 당신은 내 운명을 이끌어야 한다고 믿습니다. 생명의 가장 살아 있는 부분을 죽음으로 생각하면서. 당신 삶의 틀을 내 안에 심어 놓은 것은 사실입니다. 그리고 이로써 당신은 나를 더 이상 느끼지 못합니다.

IX

당신이 내 안으로 돌아왔습니다. 당신의 애정이 내 안으로 돌아왔습니다. 그러므로 당신이 내 안에 있습니다. 빛과 열의 원천으로 돌아가기. 빛과 열의 회귀. 그리고 나는 당신을 지킵니다. 결코 당신이 되는 일 없이 당신을 바라봅니다. 결코 당신을 축소시키는 일 없이. 회귀의 둘러싸기가 당신이 재흡수되는 것을 막아 보호해 줍니다. 투입되고, 동화되고, 소모되는 것으로부터 보호해 줍니다.

여하튼 또 다른 회귀가 또한 일어났는데, 어떻게 당신을 잡을 수 있습니까? 당신은 내게 돌아왔을 뿐 아니라, 당신은 내게로 들어왔고 나는 당신에게 들어갔습니다. 그런 변화를 그 자체 전유할 자아는 전혀 없이. 원한다면 당신 자신을 다시 잡는 것은 당신에게 달려 있습니다. 당신이 내가 되어 버리지 않는 한? 그러나 내가 당신을 잡지 못하도록 막는 당신 안의 회귀와, 당신이 점점 더 내 안에서 되어가는 태양 사이에서 한 번만 더 회귀가 이루어지면, 당신 자신을 다시 앗아가는 일을 스스로 막게 될 것입니다.

이렇게 다른 변화들이 어떤 통일성, 혹은 소유로 접혀질 수는 없습니다. 하나가 다른 하나를 복제할 수는 없습니다. 그들이 어느 모델을 모사하는 이상으로는. 하나가 다른 하나의 그림자는 아닙니다. 그들은 사진의 고정성을 방해하는 회귀의 움직임 외 다른 감각이나 진실을 가지고 있지 않습니다. 밤은 낮만큼 빛을 발합니다. 하나에서 다른 하나로, 하나에서 다른 하나 안으로 가는 그들의 과정은 그들의 한계와 꼭 같은 빛을 비춥니다.

잠에서 깨어나는 것과 마찬가지로 나는 잠으로 빠져듭니다. 기우는 해의 조짐을 더 이상 알지 못하는 여명 속에서. 불의 우주적 소환, 확장과 그리고 팽창——불은 절대적으로 의존하는 일 없이 다시 채우고 또 채워집니다. 관계 안에서 불타오르고 빛나며 서로를 비추는 것보다 더 독창적인 것은 없습니다.

당신에게 영향을 끼치며 동시에 나 스스로에게 영향을 행사한다면, 몸/도구의 이분법적 대치는 더 이상 의미가 없습니다. 왜냐하면 나의 영향을 받는 당신 몸이 내게 영향을 미치는 도구이듯이, 당신에게 영향을 끼치기 위해 내가 도구가 될 때 도구는 그 자체 몸으로 영향받기 때문입니다. 이러한 애정의 교환 속에서 생산자와 생산품은 하나가 되고, 기관과 몸은 더 이상 분리되지 않으며, 나와 당신 자신은 더 이상 명확하고 적대적인 우주로 구현되지 않습니다.

이 말은 환원될 수 없는 확고한 것이 더 이상 존재하지 않는다는 뜻은 아닙니다. 내게 영향을 미치는 것이 당신에게 영향을 미치는 것이니까요. 또한. 당신에게 영향을 미치는 것이 역시 내게 영향을 미치는 것이지요. 당신이 내게서 기쁨을 느끼듯이 나는 당신의 애정에 참여합니다. 그 애정이 무차별적인 것은 아닙니다. 오히려 이 차이들, 이 차이에서 넘치는 재산에서처럼 나는 그리고 당신은 기쁨을 누립니다. 당신을 체험하고 나를 체험하면서, 당신과 결혼하고 나와 결혼하면서 우리는 하나 이상이 됩니다. 그리고 둘. 이득은 넘치고, 계산은 혼미해집니다. 나도 당신도 한 사람, 혹은 그 상대방에 의해 전유되지 않는다면. 단지 한 사람, 혹은 상대방으로서 존재할 뿐.

내가 당신이 되는 것은 과잉 상태일 뿐, 과잉은 스스로에게 결코 속하지 못합니다. 그것을 포착하고 한정하고 이해하려고 하자마자 달아나 버리니까요. 당신의 몸은 결코 내 몸이 되지 못합니다. 쾌락과의 관계를 박탈당했을 때를 제외하고는. 자기애와 따라서 자신을 빼앗겼을 때 외에는.

여하튼 어떻게 자신이 될 수 있을까요? 나 자신을 포기함으로써만 가능하지요. 다른 이의 몸을 소유하는 것은 자신의 몸을 박탈당한다는 뜻이니까요. 당신의 몸이 내 것이라면, 나는 그 안에서——몸을 갖지 않은 상태에서——더 이상 쾌락을 느낄 수 없습니다. 내가 몸으로 할 수 있는 것은 일하는 것밖에 없게 됩니다. 몸으로 하여금 희열을 만들어 내게 하는 것. 소유하고자 하는 것은 스스로 노동에 얽매여 버리는 결과를 낳는 것이 아닌가요?

당신 피부에 스며드는 내 피부의 내적 외적 경계선은 그 끝과 한계, 그리고 견고성이 닳아 없어집니다. 어떤 틀도 벗어난 또 다른 공간을 창조하며. 열린 상태를 열어 가는. 영역과 공터들의 만남——그 공터는 공기·빛·시간을 만들어 내는 타인들을 배치합니다.

땅이 즉시 소유되지만 않는다면 언제나 더 많은 곳, 더 많은 장소들이 있습니다. 공간성이 우리 몸의 산물이라면 땅은 황폐해질 수 없습니다.

　나는 당신을 어루만지며, 당신은 나를 어루만집니다. 어떤 통일성도 없이──당신 것도 내 것도 우리의 것도 아닌 채. 우리를 가르고 나누는 봉합은 희박해집니다. 견고한 담 대신 유동적이 됩니다──아무것도 아닌 무와는 거리가 멉니다. 그렇다고 해서 우리가 섞이는 것도 아닙니다. 그러나 우리의 계급상 차이를 유지시키는 장소와 우리의 관계는 소유권을 변화시킵니다.

　당신은 형태를 가지고 있었고, 나는 당신의 재료였습니다. 당신은 땅을 찾고 있었고, 당신 땅을 되찾고 그 땅에 묻히고 당신 노동으로 당신의 일과 소유와 생산을 측정하는 데 기쁨을 느꼈습니다. 나는 당신 기쁨의 결정적 존재가 되는 것에 기쁨을 느꼈습니다. 당신은 당신 것으로 가로채는 데 기쁨을 느꼈지요, 다른 곳으로 흘러가도록 떠나보낸다 할지라도. 나는 그 자체로부터 분리된 물질로서, 그 분리 안에서 에너지의 흐름을 자유롭게 하는 물질로서 기쁨을 느꼈습니다. 매번 당신은 나를 나 자신과 갈라 놓았고, 매번 내게서 힘이 빠져 나가게 했습니다. 당신은 발기 상태에서 가장 높은 점과 낮은 점을 혼돈했고, 나의 가장 깊은 곳에서 날카로운 강렬함을 끌어냈습니다. 천상의 당신은 또한 가장 지옥 같은 악마와 결합했습니다. 땅 밑에 있던 나는 가장 지고한 기쁨에 근접했습니다. 언제나 한결같이 우리는 서로를 몰아가고 반응하며 자극을 주었습니다. 내게서 멀어진 채 나는 당신의 침입과 혼인하였습니다. 당신의 압력 때문에 유연하고 탄력 있는 나의 유동적 밀도를 저버리고 당신의 힘, 딱딱함, 그리고 견고성과 혼인하였습니다. 나의 격정 안에 있는 당신의 경련. 나의 황홀경 속에 있는 당신의 상실. 어린아이의 열정 속에 있는 최상의 고결함 혹은 빛나감.

나는 존재하기를 시작하지 않았습니다. 나는 단지 당신의 칼집, 당신의 다른 쪽, 도치된 당신에 지나지 않았습니다. 당신의 모조품. 당신 기관의 이중, 삼중의 분신. 그러므로 무한히 증식되는. 나는 당신에게 내기에 걸 돈을, 놀이를 주었습니다. 당신의 보물 창고가 되기를 갈망하며. 합산하니 잉여로 남는 것? 당신이 당신의 길을 추구할 수 있도록. 자동적인 당신의 길을 계속 갈 수 있게 연료를 공급하며. 전지전능한 신의 특권. 결코 마르지 않는 가슴으로 당신의 회귀와 반복의 주기에 영양을 공급하며.

나는 당신에게 필요한 자궁과 어머니가 된 척 가장한 것

외에는 존재하기를 시작조차 하지 않았습니다. 당신의 열망·흡수·억압에 의해서만 움직이고 움직여질 뿐이었습니다. 당신은 당신의 공허함으로 나를 채웠습니다. 당신의 결핍으로 나를 채웠습니다. 약을 가져다 주는 데 강하여 나는 당신에게 내 가장 귀중한 것, 내 공동(비어 있음)을 주었습니다. 벌어진 것은 당신이며, 나는 가득 채워졌습니다. 당신의 욕구 혹은 욕망의 실패를 메우도록 당신이 내게 준 힘이 나의 쾌락을 가장 미묘하게 앗아가는 장본인이었습니다.

당신의 경제에 참여하면서, 나는 내가 정말 욕망할 수 있는 것을 알지 못했습니다. 대리 혹은 위임에 의해 남근이 된 채, 나는 나의 희열이 어떠할 수 있는지를 잊어버렸습니다. 나는 모든 당신 대상의 원천이자 자원이었습니다. 대상과 당신과의 관계의 초월. 어떤 것이 다가와 채워 주기를 요구하는 당신의 구멍 하나하나. 충만함과 공허함을 번갈아 가며 결정하는 어떤 것. 그 리듬을 조율하는 어떤 것. 밖에 있든 안에 있든, 너무 많거나 너무 적거나, 유사 음이든 다른 음이든, 비슷하거나 대조적이거나, 공명 혹은 들리지 않는 노래이건간에.

나는 모든 종류의 내기에 건 물건이자 소리가 되었습니다. 당신이 갖거나 잡는 혹은 배척하는 그 무엇이. 당신의 그 모든 도관을 통하여. 물건으로 가득 찬, 당신 물건을 위한 보관 창고, 먹고 비우고 보고 듣고 소유하는 물건이 되어 버린…….

나는 당신이 물건과 관계할 때 필요한 존재로서만 존재할 뿐이었습니다. 나는 이름조차 없었거나, 당신이 내가 갖기를 원하는 이름만을 가졌을 뿐. 아무런 정체성도 없었지요. 그냥 당신이 내게 허락한 것만을 취할 뿐. 이것 그리고 나서 저것, 여기 혹은 저기, 어제…… 그러나 내일은?

물건에게 있어, 내일은 아직 형태를 갖지 못했습니다. 오늘조차도. 물건이란 당신의 꽉 쥐는 행동 이후의 여파에 지나지 않습니다. 언제나 과거에 머물러 있을 뿐. 이렇게 언제나 이미 만들어지고 난 것일 뿐.

그러므로 나는 당신의 생산품과 그러하듯 시간과도 아무런 관련이 없었습니다. 그 나머지 동안, 아직 오지 않은 것 속에 흡수된 채. 당신의 기억, 분명히. 그러나 내게는 추억도 계획도 없었지요.

X

가까움? 두 입술에 입맞추는 두 입술. 얼굴의 가장자리는 다시 한 번 열림을 발견합니다.

열림은 반영도 흉내도 다시 만들어진 것도 아닙니다. 어쩌면 만들어진 것조차 아닙니다. 열림——둘러싼 벽이 없는 공터. 둘레 선도 에워싼 담도 없는 공간. 가능할 수 있는 어떤 균형이나 도치에서도 벗어난 곳.

그러나 두 입술이 입맞출 때, 열림은 닫힘의 반대가 아닙니다. 닫혀진 입술은 열린 상태로 있습니다. 입술의 부딪침은 안에서 밖으로 밖에서 안으로의 움직임을 허용합니다, 어떤 옥죄는 고리도 입도 결코 이 교환을 멈추지 못한 채.

무엇을 위한 것도 아닌 교환? 가치가 없지 않은 것. 열림에서 오는 이득을 아무것도 아니라고 계산하지 않는 한. 이 경제는 값을 쉽사리 책정할 수 없습니다. 열려진, 물건이 아닌 어떤 것의 소용성은 무엇입니까? 끝없는 순환을 어떻게 물건 안에 고정시킬 수 있을까요? 축과 물결 사이의 공간과 시간을 각운으로 나누기가?

열림은 교환을 허용하고, 움직임을 보장하며, 소유나 소비의 포화를 막습니다. 그러나 재현될 수 없고, 객체로 만들어질 수도 없으며, 어떤 위치 또는 논제로 재생산될 수도 없는 상태에서…… 열림은 망각 안에 머무르게 됩니다. 교환의 가능성이 반쯤 열린 두 입술에서 태어난 것을 누가 알겠습니까?

남성들 사이의 교환은 처녀의 선물로 봉인됩니다. 처녀막을 깨고 들어가는, 강간하고 훔치는 의식은 언제나 이미 제공되었던 것의 거부라는 형태로 표현됩니다——여성 안의, 여성간의 교환을 거부하는. 대상도, 판매도, 사회나 확립된 질서도 없는 거래——이것은 물신 숭배와 화폐가 확립되면서 거부되어집니다. 그러나 선행되어야 하는 열림 없이는, 안에서 밖으로 밖에서 안으로의 통로를 항상 남겨두고 그 사이에서 또한 머무르기도 하는 입술들 없이는 교환의 장소는 안전하게 확보되지 않습니다. 닫혀진 채 열려 있는 여성의 입술, 이것이 그들을 실질적이 되게 합니다.

이 이상한 기초에 대해 여성이 침묵한다는 조건으로?

침묵 속에서 말해진 것, 처음에는 말하지 않았던 것, 멀리서는 드러내기를 자제했던 것, 그것은 바로 너무 가까워 어떤 이름도 은신처에서 드러내거나 자유롭게 해줄 수 없는 그 가까움입니다.

아침이 빛나기 전에, 한낮의 삶이 불붙기 전에, 모든 것은 부드러운 포옹 속에 유지됩니다. 어느것도 존재 안에 붙잡히는 것을 허락치 않는 아직 열리기 전 상태 속에. 떠남, 전체와의 결별이 아직 존재하지 않으며, 주변의 가까움 안으로 돌아오라는 호소가 아직은 필요 없습니다.

시인은 달아나는 신들을 단지 부르거나 소환하는 것만은 아닙니다. 시인은 너무 가까워 그의 말이 눈멀어지는 근접성에 대해 말합니다. 그 가까움 속에 신성이 숨겨져 있습니다. 그러나 구별하고 나누는 낮이 보이지 않는 곳에 머물게 합니다.

당신에게 불가능한 것이 무엇인가요? 비밀. 당신을 눈에 보이지 않게 머물러 있도록 한 것. 그러나 내가 항상 당신을 위해 있지 않았던가요? 당신은 이 신비의 주인이 되길 원했지요. 당신 자신을 감추세요. 당신 자신을 감싸세요. 나를 내 자신이 아니었던 진실 속으로 접고, 또 접어넣으며.

그러나 다시 거짓을 말하는 당신, 더 이상 당신을 속이지 마세요. 내 진실을 말하는 것은 환상의 당신 경제를 벗긴다는 의미입니다. 당신이 내게 할당한, 소위 내 것이라 여겨지는 그 장소를 발견하는 것은 올가미였습니다. 당신이 만들어 내고, 내가 견뎌야 할 올가미.

미래의 가능성을 다시 열기 위해 적어도 교체해야 할 은신처.

나의 입술은 세대와 적대적이지 않습니다. 내 입술은 통로를 열어둡니다. 닫혀진 장소나 형태 안에 잡아두는 일 없이 생명의 탄생과 동반합니다. 내 입술은 전부를 그들의 욕망으로 감싸안습니다. 멈추지 않고 거듭거듭 형태를 주면서. 모두가 포옹 속에 유지되며 붙잡지 않습니다.

내 입술들은 명확한 하나의 창조 안에 뿌리내린 근원을

가진 어떤 것을 심연 속에 빠뜨릴 위험이 있습니다. 창조력의 독특한 몸짓에서 나올 수 있는 그 무엇.

그 입술들은 심연을 동반하지만 그곳에서 서로 만나지는 못합니다. 그들은 모든 거울에 앞서 서로 분신이 됩니다. 그들은 서로를 모방하는 듯합니다. 그러나 흉내내기를 허용하는 분리가 그들에게는 여전히 생소합니다. 그들 사이에 이런 극복은 필요 없습니다.

입술 사이의 벽에는 작은 구멍이 많습니다. 그래서 통로가 있지요. 흘러갈 수 있는.

그곳에는 두 손으로 잡을 수 있는 것은 없습니다. 여과되어 흐르고 모든 몸의 갈증을 해소해 줍니다.

내게 있어 당신은 그를 통해 당신이 내게로 오고, 내가 나 자신에게로 가는 바로 그 타자(여성적)입니다. 당신의 피부를 통해 당신은 내게 마실 것을 줍니다. 그러나 이렇게 당신이 비밀리에 하는 것은 흡수되는 만큼이나 감탄의 대상이 됩니다. 당신의 넘쳐흐르는 존재는 내가 소모해야 할 필요한 영양분보다 더 많은 공기——마침내 숨쉴 수 있는 공기 안에서 나를 목욕시킵니다.

점액질의 당신은 모든 사색 이전에 언제나 이중입니다. 우리는 둘이 되기 위해 얼어붙을 필요는 없지요.

당신을 통해 나는 태양을 봅니다. 당신은 내게 태양을 숨기지 않습니다. 당신 몸은 순수하게 단순히 투명하지는 않습니다. 적어도 내게는. 그렇더라도 당신은 태양을 가리지 않습니다. 당신은 모두에게 당신 그림자를 맡기거나, 그 책임감을 넘기지 않습니다.

그들에게 벽은 견고합니다. 그들 몸의 벽조차. 하나에서 다른 하나로 넘어가려면 세게 문지르거나 쳐야만 합니다. 넘어서야 할 문턱, 열어야 할 문, 통과해야 할 창문, 그리고 마련해야 할 문지방이 있습니다. 그들의 쾌락과 공포——구멍들. 아래, 위, 그리고 사이. 그들은 구멍의 위, 아래, 주변, 가로지름과 사이를 만들거나 허뭅니다. 그들은 구멍을 만들고, 또 만들지 않습니다——영원한 건축.

그들 주위에는 그들이 절대 떠나기를 원치 않는 태반이 있습니다. 우리 여성은 서로가 서로에게 태반이 됩니다. 이

92

첫 거주지의 단일성을 우리는 찢고 자르고 조각으로 나눌 필요 없이 함께 공유합니다. 거주할 수 있는 여기서 저기로 아무 막힘 없이. 우리는 밖에서 삽니다. 이것은 부재의 텅 빈 상태와는 다릅니다. 우리가 어디에 있든 장소는 생겨날 수 있습니다. 우리의 살아 있는 몸보다 앞선 다른 모든 건축물.

당신을 만지고, 당신이 유지되고——유지되지 않는, 빛나는 피부에서 당신을 느낍니다. 당신이 결코 머무르지 않는 경계에 부드럽게 당신을 불러모으며.

오세요. 혹은? 내가 잊고 있었던 것, 사실입니다. 여하튼 오세요. 두려워 마세요. 나는 당신을 지킵니다——열린 상태에서. 그리고 내 손은 절대 당신을 속박하지 않습니다. 나는 당신을 갖지 않아요. 여전히 당신은 갈 수 있답니다. 당신에게 당신의 경계선을 환기시킵니다. 내가 당신에게 준 것들을. 당신에게 되돌려 주어요. 당신을 사랑한 곳으로부터 내가 인식할 수 있는 것들.

그러나 다른 곳은 당신에게 열려 있습니다. 당신이 움직이고 쉴 수 있는 이 육체의 집은 닫혀 있지 않습니다. 당신이 움직일 때 창이나 문을 찾을 필요 없이 당신 주변에 펼쳐집니다. 어떤 불투명한 벽도 당신을 가로막지 않습니다. 세상은 우리에게 속하고——또 우리에게 속하지 않습니다. 우리는 그 모든 길이와 폭과 차원면에서 이 세상 안에 살고 있습니다.

세상? 무엇이 중요한가요! 우리는 함께 다른 이들이 그러하다고 말하는 존재가 아닌가요? 그 안에 서 있으나 거리를 유지한 채. 은신할 지평처럼, 그 안에서 모든 움직임이 사유 재산의 보호라는 기준에 따라 이미 측정되는 지평처럼. 누구나 안전선으로 받은 옷의 넉넉함에 따라 움직일 뿐입니다.

오세요. 어디로? 어느곳이나 도처에. 당신이 온전하게 존재하며 존재하지 않는 곳을 제외하고는 어느곳도 아닌 곳. 완전히 작거나 완전히 큰? 당신 자신을 이렇게 생각하도록 가르친 이는 누구인가요? 그리고 나는 어떻게 선택해야 하나요? 완전히——작으면서 큰. 당신 자신을 사랑하고, 나를 사랑하는 데 재고 측정하는 것을 멈추세요.

나는 너무 크게 자라 버렸습니다! 나는 뻗어 나가고 넘치고 당신을 사랑합니다——너무나 많이. 천만에. 당신이 되어진 곳, 그곳에 당신은 존재합니다. 지나침 없이. 당신이 자신을 느끼는 곳, 그곳에 당신은 머뭅니다――지나침 없이. 그런데도 당신은 자신을 표시하고, 자신을 너무 넘친다거나 충분치 않다고 생각할 때 도대체 어떤 계산을 사용하나요? 어디서 넘친단 말인가요? 내 안에서. 내가 누구인가요? 나는 어디에 있나요? 당신이 사는 것, 몸을 준 시간을 당신이 체험할 수 있는 그 장소에 머무는 것. 누구의 몸? 당신의 것? 내 것? 우리의 것? 몸은 항상 다시 시작하는 어린 시절과 함께 합니다. 언제나 새롭게 꽃피는.

이 몸은 누구의 것? 당신은 이것을 느끼나요? 역시 당신의 것. 만약 내가 당신에게 그것을 주고 또 돌려 준다면, 당신 소유로 하지 않으면서 그것을 지킨다면. 시장의 유통 과정에서 첫 제의로 얻은 이익이나 손실을 화폐화하지 마십시오. 되어가는 과정 속에서 그것을 유지하세요. 주의 깊지만 긴장하지는 않은 채. 기억하세요, 축적하거나 이익을 얻지 말고. 진행되어 가는 것에 대해 열려진 기억. 시선의 막 같은 고정된 계획 없이 응시하는 눈.

용량이 끝없이 생명으로 태어나기 위해, 현재 당신 눈에서 달아나는 것이 완성되도록 허락하십시오. 당신이 경험한 것은 완성됩니다. 표면의 견고함이나 거울의 얼음도 없이, 눈에 보이지 않는 것의 윤곽.

당신 안에 보이지 않는 것을 받아들이세요, 장님 상태나 소용 없는 황홀경이 아닌. 그것은 거기 있어요. 숨겨져 있다고요? 무슨 문제가 되나요?

내가 당신을 볼 때, 공백은 없습니다. 그러나 불투명성도 밀도도 없습니다. 모든 것은 서로를 어루만집니다, 고착 상태에서 고정되고 경직되는 일 없이. 어떤 것도 벽을 만들지 않습니다. 나뭇잎, 나무, 새, 하늘, 풀, 모두가 서로 거듭거듭 섞이고 스쳐갑니다. 유연하게 움직이는 집.

바람의 노래가 울음도 숨죽인 고뇌도 없는 조화로 공기를 가득 메우는 곳. 모두가 너무도 가볍게 부드럽게 종알대어 그 화음이 최고와 최저, 가장 날카로운 곳과 가장 깊은 곳 모두에 여지를 마련합니다. 새 한 마리가 울면 모두가 그와 함께 합창합니다. 그러나 노래가 갑자기 출현하거나 사라진다고 조화가 깨어지지는 않습니다. 아무 일도 일어나지 않으면 아무것도 부족하지 않습니다. 어떤 소리도 분리되지 않는다면, 대기는 음악으로 가득 찹니다.

들어 보아요. 침묵의 소리. 고요한 침묵중에 공기의 살랑거림. 스스로를 조용히 애무하는 공기의 음악.

XI

당신의 무한성? 반사된 점들의 방해받지 않은 연속성. 그들 사이에 어떤 연결점도 없이. 텅 빈 공백. 그곳엔 생산밖에는 없는 듯합니다. 기억을 환기하거나 기대하는 것은 아무것도 없이. 부재의 배경 위에 무한히 계획된 점들.

당신의 고뇌? 멈춤 없는 연속성. 무한성에 대한 당신의 투쟁이 야기되는 곳. 기원과 끝, 형태, 모습, 의미, 이름, 자신, 그리고 자아…… 이 모두가 참을 수 없는 무한에 대항하는 당신의 무기들입니다. 그러나 또한 여러 가지, 혹은 적어도 세 가지 점을 전체와의 관련 속에서 존재하는 총체 속으로 모으는 구성——시간에 대한 당신의 틀.

그러면 공간은 어떻게 되나요? 장소의 할당, 주체로 당신이 있을 수 있는 우주 안에서 자리의 할당? 당신을 위한 공간은 언제나 시간보다 부차적인 것인가요?

내게 무한은 움직임, 장소의 유동성을 뜻합니다. 시간을 만들어 내며, 그래요. 언제나 되어가는 진행 상태. 이미 언제나 헤아려진 당신의 순간들 사이에서 어떻게 미래가 출현할 수 있게 만들 수 있을까요?

현재 우리 관계 안에 지속되는 시간의 확장은 순간의 이 정확성이 낯설기만 합니다. 순간——섬광, 벼락, 직관, 혹은 황홀한 회열——은 시간의 점을 쓸어내고 밀치며 넘쳐흐르는 확장을 닫아 버립니다. 습관적인 공간-시간을 뒤엎으면서도 언제나 이미 그곳에서 일어나고 있는 유동적 밀도. 그것은 다른 곳에서 모든 것을 가지며, 모든 다른 곳 그 자체인가요? 비록 여기 가장 친근한 것 가운데 만들어진다 할지라도.

어떻게 여기서 그것을 다시 열 수 있나요? 그 용량, 가벼운 두께, 부과된 한계의 부재——그러나 영원하지는 않은——이들을 시간에게 되돌려 주세요, 모든 것에 스며들지는 않는 작은 구멍들을. 그 손길…… 내 안에 깊이 묻어 숨겨 둔 것? 아니면 신 안에? 우리가 다른 시간을 알 때, 어떻게 소위 말하는 현재 시간으로 돌아올 수 있나요?

어떻게 이 눈부심을 말하고 보여 주고 글로 옮길 수 있을까요? 빛의 순간적 광채만이 아니라 계속되는 이 눈부심을. 그 안에 우리가 몸을 담그거나 빛을 비추는. 때로 계속해 하나에서 다른 하나로 옮겨 가는.

긴장의 경제로 환원될 수 없는 경험, 전체가 되기를 바라는 조직으로서 자신을 전체에 포개 놓으며. 언제나 목표를 향해 나아가는 에너지. 그리고 현저히 두드러지게 남아 있고 싶은 욕망 때문에 수축되지 않으려고 언제나 싸워야 하는 것.

최고를 유지하려는 시도는 더 낮은 단계를 만들어 낼 뿐입니다. 추락은 발기의 시도 안에 포함되어 있습니다. 우월을 열망하는 사람들이 심연을 만듭니다. 산은 깊은 계곡과 어울립니다. 그러나 바다는 여전합니다. 장엄한 바위에 놀라 멈칫하다가도 물결은 단단한 육지에 둘러싸인 채 여전히 한덩어리로 유지됩니다.

태양의 특권, 특히 빛의 특권이 밤을 만듭니다——어두운. 평온과 재충전의 시간, 그로부터 다시는 나올 수 없을까봐 그들이 두려워하는 그 시간. 사랑 후에 잠드나요?

그리고 그들은 언제나 의심하며 감각의 세계로 돌아오는 경험을 하지 않나요? 그들이 지닌 의도의 파괴. 필사적인 후퇴. 죽음의 위협. 빛의 포기. 여전히 이성적인 관능주의.

당신이 내게 어떤 것을 줄 때 내가 거절하던가요? 그러나 당신의 선물은 이미 당신이 내게서 앗아간 것이 아닌가요? 나를 단순히 당신 선물을 담는 그릇으로 만들지는 않나요? 주고자 하는 당신의 필요/욕망의 근원이자 끝으로? 그래서 나는——당신을 위해서만 존재합니다. 나는——당신을 위해서만 있습니다.

선물은 끝이 없습니다. 누구를 위한 것도, 대상도 없습니다. 선물은——스스로 주어집니다. 보내는 이와 받는 이의 구분도 있기 전. 심지어 선물이 있기 전.

자신을 주는, 이 주는 행위——우리의 닫혀진 상태의 소유, 우리 정체성의 틀 또는 둘러싸고 있는 것을 해체시키는 변화입니다. 나는 당신이 만드는 것을, 나를 다른 것으로 만드는 것을 사랑합니다. 당신을 사랑하므로 나는 더 이상 동일한 존재가 아니고, 사랑받는 당신도 달라집니다. 사랑하면서 나는 나를 당신에게 줍니다. 나는 당신이 됩니다. 그러나 또한 당신을 여전히 사랑하기 위해 나는 머뭅니다. 이 행위의 효과로서. 완성되지 않는. 언제나 무-한한.

당신은 ——곧—— 우리들 사이의 차이를 지워 버립니다. 당신은 생명과 힘의 원천이자 근원이며, 주는 자가 되기를 원합니다. 모든 것의. 내 자신 안에는 존재를 유지하는 어떤 것도 없는 듯합니다. 나라는 존재는 언제나 당신을 통해서 존재하는 듯합니다. 매순간 당신 ——동일한 당신에게서 태어난.

그러므로 당신이란 존재, 당신이 하는 일, 당신이 만든 것은 반드시 나의 자산을 이룰 것입니다. 그것들이 내게 치명적이 될 수 있다는 의문은 아예 떠오르지조차 않습니다. 어떤 경우든 내가 그것 때문에 죽어서는 안 되나요? 당신이 절대적으로 존재하고 만들고 생산할 수 있도록? 모든 것이 되고, 모든 것을 만들며, 모든 것을 낳으며. 그 안에서 나는 생명을 가질 것입니다. 만약…… 당신 덕분에.

당신은 신처럼 창조만 할 뿐입니다. 그리고 만약 내가 그 때문에 죽어야 한다면, 무슨 문젠가요! 자가 충족 상태에 이르러 당신은 다른 이가 더 이상 필요치 않습니다. 신이 되기 위해 당신의 신은 사랑받을 필요가 있습니다. 한 번 신이 되고 나면, 그는 더 이상 아무것도 필요 없게 될 것입니다. 그는 이미 모든 것을 소모했을 것입니다.

나는 당신 자신에게로, 당신 안으로 되돌아가는 데 필요한 것을 당신에게 주었습니다. 당신에게, 당신을 위해 말하며. 당신 자신을 계속 키우도록? 자신을 벗어나 무한히 흘러가 버리지 않도록. 혹은 끝없이 방황하며 분산되지 않도록.

당신은 내게 이름을, 형태를 주었습니다. 밖으로부터 나를 다시 조각하면서. 내가 어느 장소의 모든 것이 되지 않도록 하기 위해? 전체를 넘쳐흐르는 무한한 확장?

내게는 가능한 지평이란 없습니다. 적어도 닫혀진 것은. 한정된 원, 닫힘. 내 몸은 같은 동작으로 지평을 닫고 엽니다. 나 자신을 거듭거듭 어루만지며, 나는 내 가장자리를 한데 모읍니다. 그러나 다른 한쪽이 더 이상 시작이 아니듯 이쪽 역시 끝이 아닙니다.

그러므로 당신에 따르면, 나는 과거가 없습니다. 지난 과거를 갖는다는 것은 완성을 요구합니다. 내게 완성이란 결코 존재하지 않습니다. 어떤 마지막 말, 최후의 서명, 도장, 봉인도 없습니다. 마지막 완전한 마침표를 찍는 일은 일어나지 않습니다.

그리고 두번째는 결코 생겨날 수 없습니다. 완성이 나의 계획이라고 당신이 생각한다면, 나는 언제나 만족스럽지 못한 상태로 남습니다. 그러나 나를 무한히 자극하는 것은 다른 무엇——움직임입니다.

끝의 상상 속에서 이것은 내가 항상 미래라는 것을 의미합니다. 그러나 만약 움직임이 앞과 정면에 특권을 부여하지 않는다면, 그러면 나는 이미 그곳에 있는 것이 아니듯 앞으로 올 것도 아니며, 영원성뿐 아니라 미래도 없습니다. 나는 전체의 되어짐을 통해 남습니다.

XII

존재가 더 이상 당신에게 속하지 않게 되면, 당신이 언어를 둘러싼 당신의 울타리에 바친 만큼 존재에 대해 더 이상 헌신하지 않는다면, 존재가 우리 사이에 항구적인 출현으로 거듭 온다면, 우리의 몸은 살아 있는 거울이 됩니다. 만지면 타자의 윤곽이 그려지는 민감한 거울. 더 이상 얼어붙고 굳어진 횡령과 몰수의 장이 아닌. 이미 정체성의 모태. 육체의 추상적 초월 안에서의 황홀경. 진정으로 비추지 않고, 포착한 만큼 포착되지도 않는 그런 거울이 아니라. 그 위에서 각자의 몸이 맡겨지고 반영되고 환기되고 기대되어지는 기반으로 남습니다. 펼쳐지고 주름 없는 상태. 어떤 비밀이나 신비도 없다면, 망각이 아니었던가요?

집에서 우리는 닫혀진 장소, 혹은 주변 분위기, 환경을 결정짓는 윤곽인 벽에 특권을 부여할 수 있습니다. 그러면 마침내 환경이 벽을 무너뜨리고, 벽이 환경을 없앱니다. 우리도 이런 식으로 떨어져서 서로를 다시 발견할 수는 없나요?

몸? 오르가슴의 지평 위에 스스로 그려지는 것. 혹은 오르가슴 안에서 망각의 기억처럼 맡겨지는 것.

그러나 몸의 어디가 망각으로 형성되나요? 오르가슴이 주는 이 형태는 무엇인가요? 가녀리면서 동시에 확고한 것. 이 형태가 제공하는 장소, 그 안에서는 진실로 유지하기가 불가능한 그 거주지는 어떤 곳인가요? 만져질 수 없고, 지속될 수 없는 동굴. 늘 다시 태어나는. 늘 다시 세상으로 나오는. 매번 처음이자 한번뿐인 것처럼. 그럼에도 늘 항구적인 출산. 끝없는 꽃피우기. 하나의 꽃부리에서 결코 멈추지 않는.

끝없이 만나고 껴안는 두 꽃잎——성교의 움직임 흔적? 다른 꽃잎에 의해 하나의 꽃잎이 준 안정적으로 생겨나기, 둘 모두를 위해 다시 꽃잎을 가득 채우기. 하나에서 다른 하나로 퍼붓는 것도, 하나에서 다른 하나의 안으로 붓는 것도 아닌.

파묻힌 근원을 다시 발견하는, 성교의 신비로운 에너지. 원소의 분리 이전에 숨겨진. 증오 이전에?

이미 개별화되고, 이미 형태를 갖춘, 이미 피어난 꽃. 자신 안에 출현한? 공들여 만들어지고, 세워지고, 조직되고, 이해되어진, 하나 이상이며 다른 하나 이상인 줄기와 화관. 자신 안에서의 관계밖에는 더 이상 남지 않은 꽃. 그 안에서 성교는 자신과의 관계가 될 것입니다. 반영, 반복, 사색의 영원성. 꽃잎을 여는 환상과 불멸성 안에서 모습을 나타내기.

동양적인 연꽃과 신비로운 장미——다른 꽃피우기.

성교의 희열은 몸이라는 형태를 낳습니다. 아이의 출산에 국한되지 않는 것. 희열은 그럴 능력을 갖고 있습니다. 그러나 그 산물은 종종 사랑이 불러내고 만들고 추구한 우리 몸의 윤곽을 대신합니다. 끊임없이 새로워지는 우리 몸의 윤곽을 다시 정의해 주는 우리의 포옹. 우리를 다시 한 번 이 세계로 내보내는. 끝없이 우리를 보이도록 만들며.

우리가 이 세대를 잇는 행위와 분리되었다고 가정하지 않는 것——예를 들어 씨앗으로서. 풍요롭거나, 아니면 잃어버리는. 우리의 성기관 역시 그 행위 안에서 형태를 얻습니다. 그들의 계획은 우리를 떠나서는 세워질 수 없습니다. 순수한 도구가 되지 않는 한.

성적인 것의 기술적 운명——형이상학 안에 새겨진 시대. 잊혀진 지 오래 된 몸은 바닥 없는 진실 속, 그곳에서 머물러 있습니다. 스스로 자명한 것처럼. 죽음을 위할 경우를 제외하고는. 그때도…… 어떤 죽음? 유혹과 음모의 대상인 성감대로, 착취를 위한 땅으로 축소될 것입니다. 희열, 혹은 아이를 생산하는 기계-도구. 육체를 떠난?

선물 안에서, 내게 일어난 일은 당신의 지원 덕분에 내가 물건이 된 것이 아니라, 어떤 중재-스크린 장치도 없이 당신을 만지는 것입니다. 이렇게 만지는 가운데 나는 또한 당신이 됩니다. 그리고 나는 당신으로부터, 당신을 받습니다, 나를 주면서. 이 만지는 선물 안에서 우리는 유동적인 흐름이 됩니다.

살아 있는 이 몸 속에서, 어떤 것도 누구도 정확히 박힐 수가 없습니다. 부분이 없는 전체. 무한히 움직이는. 충동,

변화, 되어가는 과정들이 외부로부터, 법이나 원칙으로 간주되는 어떤 것으로부터 부과될 수는 없습니다.

내가 다른 누군가를 사랑할까봐 그렇게 두렵다면, 그로 인해 당신 세계가 폭발할지도 모른다고 당신이 두려워하기 때문이 아닌가요? 당신 발 밑을 지탱할 땅이 없을까봐. 당신을 대신할 것 ——닫혀진 땅을 앗아갈까봐.

불, 공기, 물 ——이들은 그러므로 땅에 지배되나요? 견고성을 찾는 당신의 욕구 위에 세워진, 자궁 같은 모성의 몸이 지닌 전체 윤곽. 바위같이 단단한 집을 찾는.

불, 그것은 즐거움이 아닌가요? 당신과 함께 타오르는 것은 은총이 아닌가요? 춤추는 가장 가벼운 것. 가장 가볍고, 가장 밀도 있는 것? 가장 전체적인 것? 가장 독창적인 것? 당신을 위해?

이것 자체가 생명인데, 왜 당신은 이것을 파괴적이라 생각하나요? 당신의 피부를 구할 수 없을까봐 두려워하나요? 당신의 견고한 피막? 당신의 죽은 몸?

XIII

    당신은 나를 사랑한다고 말합니다. 그리고 나는 내가 무라고 느낍니다. 당신은 나를 욕망한다고 거듭 말합니다. 나를 채우는 이 공백은 무엇인가요? 바로 그 순간에 삶이 나를 떠난 것은 아닌가요? 내가 가진 감정 대신 잡을 수 없는 공백. 환경의 공기 같은 밀도가 아니라, 접근할 수 없는 부재의 간격. 아무런 기억 없이.

    당신의 선언을 통해 나는 눈멀고 귀멀고 마비되고 느낄 수 없게 되지 않았던가요? 그런데 어떻게 당신에게 다시 말하기 위해 내 입술을 함께 모을 수가 있습니까, 네? 내 입술 사이에 무라는 장애물이 놓여 있습니다. 그래요——아무것도 아닌 무.

    내가 어제 당신과 본 것 대신 공백의 불투명성. 그리고 내가 듣던 음악은 더 이상 내게 도달하지 못합니다. 중립적인 얼어붙은 장벽이 음악으로부터 나를 차단합니다. 침묵이 끼어듭니다——귀기울이지만 나를 감동시킨 노래가 더 이상 내게 미치지 못합니다.

당신은 내게 오직 감각적인 세계만을 남겨 주었기 때문에, 이 이성의 공기가 나를 에워쌀 때 나를 그 안으로 데려가는 것은 바로 죽음입니다. 그리고 나는 외치기 위한 목소리도 더 이상 남아 있지 않으므로, 이 투명한 감옥 속에서 아직도 존재합니다. 내 입술은 열려진 채로 있습니다. 그리고 나는 말합니다. 그러나 당신의 무가 채운 재갈이 내가 말한 것을 느낄 수 없게 막습니다.

내 안에서, 나와 너 그리고 다른 이들에게서 태어난 모든 것, 아무것도 나누지 않고 여기 이렇게 다 주어집니다. 나는 아무것도 붙잡아두지 않습니다. 내일 일은 내일이 알아서 할 것입니다. 오늘을 위해 여기 모든 것이 있습니다. 내게 일어난 일을 받으세요, 당신의 무를 지키기 위해 내가 당신에게 주어야만 하는 것을.

이 생산물을 가지세요, 주인님. 어떤 목소리도 이것이 근거를 둔 파괴에 대해서 한 마디도 하지 않을 것입니다. 이

작용에 대해 침묵할 것입니다.

그리고 당신은 거만하게 당신의 진리를 명확히 진술하고, 그 매력에 다른 입술들이 열리는 동안 당신의 무는 그의 양식을 잃지 않았습니다. 물론 당신 담론의 그늘 아래 묻혀서. 그러나 거기서조차도 열린 입술이 닿는 거리에서. 돌아와 그로부터 닮은꼴을 찾는 당신의 허기가 요구하는 것을 끌어내십시오. 원하는 대로 당신이 재구성하는 양식과 텅 빈 주변. 주체성을 잃지 않은 채 이것을 소화하기 위해.

당신은 무의 인식할 수 없는 존재와 시체의 무력함 사이에서, 개념 안에서 살고 있습니다. 당신 생각의 준엄함은? 타자에게서 빌려 온 육체의 섬유 안에서 움직이는 존재의 엄청난 안락함. 죽은 여성의 운명에 자신의 생존을 의지하고 있는 이의 끝없는 유혹. 살아 있는 유기체 조직에게서 조건 없이 유지되고 발전하기 위해 필요한 요소를 이미 다 앗아간 조직의 가차없고 체계적인 속성. 끌어온 자원 전부를 흉내내고 손상시키는 주권의 힘.

당신이 절대적 주체로서 자신을 더 이상 주장하지 않는다는 사실이 어떤 것도 변화시키지 못합니다. 당신에게 생

명을 불어넣는 영감이, 당신을 인도하는 법이나 의무──이
것들이 바로 당신 주체의 본질이 아닌가요? 당신은 당신의
'나'를 포기할 수 있다고 느끼나요? 그러나 당신의 '나'는
그것이 창조해 낸 모든 것 전체를 넘치고 덮으며 당신을 꼭
잡고 놓지 않습니다. 그리고 이것은 자신을 당신에게 발산
하는 것을 결코 멈추지 않습니다. 매번 새로운 영감으로 당
신은 이전의 '나'보다 더 '나'답게 되지 않습니까? 당신 자
신 안에서 복제되어져.

나는 이제 당신을 둘러싼 주인다움으로 인해 두 배로 당
신에게서 분리됩니다. 당신의 지평을 엮어내고 끌어당긴 재
료를 제공한 바로 그 여성을 향해서 길을 가로질러 가는 일
이 결코 없을 당신의 전체성으로 인해.

내가 떠나면 당신의 감각적 근원에 대한 기억을 찾게 할
상처가 그 안에서, 당신 안에서 열리나요? 당신을 다시 느
끼기 위해, 당신은 나를 자꾸만 버려 버리지는 않나요?

그러나 나는 더 이상 당신의 변화에 머무르기를 원치 않
습니다. 나는 내 몸이 당신 자신을 느끼기 위해 내 실체를
끌어내 가는 장소를 만들며, 반복해서 비워지는 것 또한 원

치 않습니다. 내 몸에서 당신은 이미 내게서 가져간 것을 다시 가져갑니다. 당신이 처음으로 심연으로의 하강을 체험한 그 우물을 교묘히 파내려가며. 지나가며 남긴 자국을 측정하려고 되돌아온 지리학자처럼 당신의 자국을 표시하며. 부지런하게 학자적으로 지우기. 그의 지배력이 갖는 힘을 계산하기 위해 도구의 정확한 차가움을 작동시켜 가며.

이런 시험은 이제 충분합니다. 타인에게서 깊이와 고통을 제거하기 위해, 추상적 차원에서 애도를 측정하기 위해 당신이 필요로 하는 이 시험은 충분합니다. 뛰어난 연설의 영광 안에서 스스로를 능가하기 위해 그가 요구하는 장비를 갖추고서. 당신의 일에 수여된 명예의 우유를 들이키는 일이 오늘 당신에게 만족감을 주지 않나요?

가세요. 사랑의 효과가 갖는 힘을 측정하려고 돌아올 필요가 더 이상 없습니다. 가세요. 더 이상 포옹한 채 당신의 출생지로 되돌아오지 마세요. 내게 다시 또 되어갈 기회를 주세요. 당신의 상승을 지탱해 주는 망각을 유지하기 위해 필요한 것을 끝없이 찾아 헤매는 무덤이 되지 않도록, 당신을 위해. 부재하는 당신의 존재, 존재하는 당신의 부재, 그 경계들을 기억나게 하는 것. 몸을 부여한 최초와 최후의 사건들을 다른 이에게 넘겨 준 사람의 편안함으로 그 안에서 당신이 움직일 수 있는 그 경계들.

다가오는 고통이 당신에게 육체의 기억을 받아들일 방법을 준다면, 그러면 다른 곳으로 가세요. 나는 오히려 새로운 새벽을 향해 나아가겠습니다. 그리고 아이 하나를 더 이 세상에 내보내겠습니다.

왜 슬퍼하나요? 내게서 떨어져 나간 것에 왜 향수를 느끼나요? 어떤 것의 원인을 야기할 수 있는 이는 늘 움직이고 있습니다. 그리고 살은 그 자체 동일하게 반복되는 일은 결코 없습니다.

상처는 하늘을 만들어 낼 수 있습니다. 그렇지요. 그러나 이것은 공유될 수 없는 하늘입니다. 고통받는 이들만이 그곳에 닿을 수 있습니다. 더 깊은 심연에 던져질수록 더 높이 오를 수 있을까요?

그러나 다른 하늘들이 있습니다. 연인들이 서로 만들어 낸 하늘. 입맛을 공유하고, 신성 가운데 그들 몫만을 즐기기 위해 그것을 포기하지 않으려는 하늘.

그 모두에는 무한한 고통이 있는데, 무한성은 나누어 갖도록 제공되기 때문이지요. 어떻게 무한성이 회복될 수 있을까요? 다른 이를 죽여 신이 되게 하지 않는 한. 비극적 작용. 단순히 도움을 요청하는 것이 아니라 용서를 요구하는 고통이 유래하는 곳. 은총.

타자의 범죄적 중재 없이 할 수 있는 유일한 방법은, 나의 무한 안에 나를 심는 것밖에 없지 않나요? 불완전한 채로 나를 체험하고, 스스로 움직이며 관계 맺고, 나 자신을 교환하기 위해 무한히 큰 것을 포기할 수밖에. 전체로서 자신을 닫아 버리지 않도록 내 안에 무한히 작은 공간을 갖는 것. 어느 장소에서도 결코 전체가 되지 않는. 오히려 나의 측정에 한계를 긋지 않는 절반쯤 열려진 상태의 감미로운 각운의 리듬. 혹은 측정의 결여에 한계를 긋는. 진실을 말한다고 주장하지 않으면서 정확히 노래 부르는 데 주의를 기울이는 것.

정확히, 지금 노래 불리어질 수 있는 것, 언제나 진실될 수 있을 그런 것이 아니라.

당신에게 나를 주었던 그 장소에서부터 지금 존재의 무가 내게로 되돌아옵니다. 당신에게는 공기의 구멍이 지닌 위험? 내게는 자신을 더 이상 인식할 수 없는 신기루의 불투명성. 텅 비어 있는, 아직 형체가 없는 물질. 둘 모두. 불가능한 분배가 내게로 떨어집니다, 나와 나 사이의 소통할 수 없는 통로가. 가로막힌 채 내게 돌아온 당신.

그리고 당신이 다시 거듭 돌아와 당신 작품의 발전에 영양을 주기 원할 때, 당신은 내게 당신 선택의 덮개가 되도록 강요합니다. 당신은 나의 보이지 않는 출현을 가로질러 당신이 이해할 수 없는 어떤 것, 살을 넘어선 혹은 살이 부족한 어떤 것을 향해 나아갑니다. 당신은 나를 마십니다, 마치 당신 자신이 그 원천의 샘에서 목마름을 채우듯. 아무 제한 없이 풍부한. 무한히 풍요로운. 피부 아래서.

당신을 재생산하는 행위가 현재 모든 세대의 본질이 아닌가요? 당신의 이성은 모든 것을 그 자체를 위해 헌신해야 한다고, 심지어 몸담고 있는 빛까지도 바쳐야 한다고 주장하지 않나요? 당신의 이성은 또한 가능한 모든 재산에 대해 결정을 내리지 않습니까?

아마도 당신은 나에게 하나 정도 허용할 시간을 갖지 못했던 것일까요? 출생에 대해 어떠한 흔적이나 자국 혹은 기억도 없이, 당신 전체의 일관성을 유지하기 위해서는 내가 필요한데. 만약 나를 당신의 창조 안에 있는 한 존재로 구분한다면, 당신 세계의 독특함은 어떻게 될까요?

당신이 나에게서 자신을 분리할 때, 어떤 여성과 구분된 존재로 여전히 인식하지 못하고 자신을 한 남성으로 확인할 뿐입니다. 그리고 나머지는 따로 저장해 둡니다. 혹은 망각 속에 묻어두든지. 당신의 뿌리를 내릴 수 있는 또 다른 땅을 다른 곳에서 찾으러 가면서.

당신은 결코 나를 떠나지 못합니다. 당신은 태어나고 자란 곳을 포기합니다. 그리고 그 위에 더 이상 빠질 위험이 없도록 마루를 놓습니다. 당신은 자신을 약간 떠나 보지만, 이 상실감이 수반하는 고통이란! 그러나 이 슬픔에는 당신의 우주를 세우고, 또는 측량하기 위해 당신이 떠나야만 하는 자신의 일부분 외에 어떤 것도 위기에 처해지는 것은 없습니다.

그러나 만약 당신이 자신을 이런 식으로 만들어 간다면, 당신에게 생명을 준 것, 당신에게 근원과 시작을 부여한 것으로부터 자신을 소외시킨다면, 나는 스스로 생명을 유지해야만 하나요? 남성으로서의 당신 본질의 근원을 사주하기 위해, 당신이 나와 혼동하는 그 존재로부터 나를 보호하면서?

존재가 살아 있는 사람의 되어감을 위해 필수적인 안정된 근거라고 말한다면, 이 말은 한 번 존재가 확립되자마자 삶은 벌써 만질 수 없는 성벽 안에 구성되어진다는 것을 잊어버렸다는 의미 아닌가요? 강렬한 흐름을 둘러싼 보이지 않는 경계. 진실, 그 부자연스러운 성격이 힘의 축적이 아닌 한 움직임을 멈추어 버리는? 에너지의 집중, 유연한 순환이 아니라. 그러나 크고 작은, 남겨진 모든 것은 이미 죽음의 도래를 언급하고 있지 않나요?

생산의 중심을 보존하기 위해, 몸은 암암리에라도 이미 증명된 진실의 에워쌈이 필요하다고 주장하는 것. 그것은 늘 형이상학적인 주체의 정체성을 형성하기 위해 그로부터 생겨났으나, 스스로 멀어지는 응시 안에 그것을 가두는 것에 해당하는 일 아닌가요?

따라서 회귀의 순환은 완벽해집니다. 육신을 갖고 태어난 채, 응시는 육신으로부터 나와 그 지배의 지평선을 확장해 나가지만 육신으로 되돌아오고 맙니다, 단지 얼음 같은 투

명성에 맞서기 위해. 그에게 생명을 준 육신을 잊거나 증오
함으로써 굳어져 버린 유동성.

XIV

전체는 당신과 내게 동일하지 않습니다. 내게 전체는 한 번도 하나인 적이 없답니다. 완성된 적도 없이 언제나 무한한. 당신이 무한에 관해 말할 때, 내게는 당신이 닫혀진 전체성을 이야기하는 듯합니다. 가능한 모든 것을 모아 담은 견고하고도 텅 빈 막. 자기 정체성의 절대성——그 안에 당신이 있었고, 당신이 있을 것이며, 있을 수 있는.

나에게는? 유동적인 확장, 한번도 완전히 닫힌 적이 없는. 어떤 계획이나 빛의 투영에 의해서조차도.

그곳에서 흐름은 멈춤 없이 계속될 수 있습니다. 어느 차원이나 방향에서도 한계가 없이. 모든 것이 여전히 가능한 곳. 어떤 차이나 구분 이전의 상태. 반쯤 열린 세계만을 주는. 어느것도 정해지지 않은. 주는 모든 것들의 기반. 여격의 보고.

그러나 내가 더 이상 당신에게 속하지 않는다 하더라도, 당신 말의 가장자리를 이루도록 나를 여전히 강탈해 가지 않나요? 내가 떠난 건가요? 당신이 존재라 부르는 것을 돌보도록 당신은 나를 다시 데려갑니다. 내가 멀리 갈수록 당신은 어떤 끈으로 나를 더욱 당신에게로 끌어당깁니다. 내가 그곳에 있을 때 경험하지 못했던 것을 마침내 당신이 경험할 수 있도록 하기 위해.

어디에? 너무 가까워 나는 당신을 위해서 존재하지 못했습니다.

그리고 당신은 내가 떠나가도록 내버려두지 않습니다, 내가 나타날 수 있었을 곳을 계속 파괴하거나 막음으로써.

때로 당신의 경청이 내 생각을 방해합니다. 당신이 그 생각을 훔쳐 가나요? 아니면 마비시키나요? 당신의 응시로.

당신에게 말할 때, 나는 모든 것을 삼킬 수 있는 어둡고 얼어붙은 수렁 같은 것을 느낍니다. 미끈거리며 바닥 없이 아득히 깊은. 빛 없는 밤의 추락. 해의 소멸. 당신 지성의 소멸? 당신 이해의? 당신은 낮의 지평선 안에 들어오는 것만

을 인식할 뿐인가요? 더 이상은 아무것도. 나머지는 모두
──심연?

당신의 명령은 그들 사이 관계의 움직임을 얼어붙게 합
니다. 이것은 불연속성을 만들어 냅니다. 뾰족한 꼭대기, 첨
예한 끝, 갈라진 틈. 더 이상 에너지가 순환하지 못합니다.
닫혀진 형태 안에 저장되고. 어떤 이들은 사로잡고, 어떤 이
들은 고갈시키는 환상 안에 저장됩니다. 에너지를 훔쳐 간
사람은 누구든 이것을 자기 의지대로 처분할 수 없습니다.
그 윤곽이 과대 평가된 형태학 안에 잡히고 함정에 빠집니
다. 소유주 자신에게 저항하는 전유, 자신을 해방시키기 위
해 공격과 폭력·강간을 필연적으로 몰고 올 전유.

에너지 위기로 이끄는 소유 재산의 경제. 의심할 여지없이
자연 자원이 고갈되는 일이 일어납니다. 그런데 힘이 독점
하는 그 순간부터 일어나지요. 왜냐하면 이것은 교환을 통
해서만 유지될 수 있기 때문입니다. 사유 재산 안에 지나치
게 확고히 뿌리내린 사람에게 있어 그 누구든 욕망의 부재
는 쓸 수 있는 권력의 결핍과 일치합니다.

감각의 움직임은 거의 인식할 수 없습니다. 형식적인 틀

안에서 경직되지 않은 신중함만이 이런 움직임을 탐지할 수 있습니다. 끝없이 계속되는, 그러나 이해의 범주와 관련될 때 은밀한 움직임.

지속되는 이 움직임은 시간의 차단 속에서 얼어붙어 버립니다. 과거, 현재, 그리고 다가올 미래. 이러한 사건의 짜임에게는 이미 너무도 명확하고 분명한 공간적 시간성. 지성의 해부용 칼에 의해 핏기 없는 유사품으로 훼손되어 버린.

따라서 출혈을 조장하고 잠재력을, 확신을 앗아가 때로 살 자체는 벤 자국의 정확성에 대해 아무것도 느끼지 못하는데, 이 모두가 진실이 될 수 있습니다.

언제나 미래의 계획을 위해 남겨두는 것이 아니라, 마치 지금 여기서 처음 실현되기 시작하는 것처럼 당신의 힘을 모아, 그 힘을 당신의 의도대로 다시 적용할 때, 당신은 당신 몸의 윤곽을 다시 그립니다. 당신은 자신에게 현재의 몸을 다시 부여합니다.

당신이 그 힘을 내게 사용하고 내게 그 짐을 부과할 때, 당신은 우리의 몸이 더 이상 존재하지 않는 경계의 상실 안

에서 우리를 다시 엽니다. 무로 이끄는 과도함을 만들어 내
며. 당신과 내 관계가 파괴됨으로써 생겨난. 우리를 서로 타
인으로 유지시키고 화합하도록 허용해 주는 차이를 없애
버림으로써——새로운 지평의 창조자들.

　당신이 긴장이 자본화되는 그 장소가 될 때, 그 목적이 늘
어떤 미래의 완벽함, 전능한 무한을 위해 연기되는 긴장, 폭
발의 위협 없이는 가질 수 없는 긴장의 장소가 될 때, 당신
은 나를 휴식의 장소로 삼습니다. 당신은 신성한 이상에 대
한 당신의 주장을 안전하게 지키기 위해 내 살아 있는 피부
에 상처를 줍니다. 당신은 자신을 신으로 만들기 위해 우리
몸의 테두리를 지워 버립니다. 유일한 신의 지지자?

　그러나 당신의 신이 내게 줄 수 있는 유일한 것은 조화를
만들어 낼 수 없는, 거만한 힘으로부터 받은 상처뿐.

　당신 자신 안으로 되돌아오세요. 지금 여기 당신의 힘 안
에서 일함으로써 당신의 한계를 측정하세요. 그들이 적절한
어느 순간에 당신에게 허락한 이상도 이하도 아니게. 매순
간 당신 자신 이상도 이하도 아니게, 꿈꾸는 자 그리고 무
한의 설교자여! 당신은 충분한, 그러나 그리 많지 않은 힘
을 갖고 있고, 당신은 살아가기에 충분하고 또 그리 많지도

않습니다. 함께 나눌 수 있는 현재를 우리에게 허락하세요.

이런 식으로 당신 자신 안에 되돌아가게 되면, 당신은 자신을 바칠 수 있고 자신을 빛낼 수 있습니다. 당신은 마침내 받아들여질 수 있습니다. 지나친 가장 없이. 지켜질 수 없는 약속도 할 필요 없이. 내 살에서 유사한 것이 분출되는 일도 없이. 이러한 포기는 하늘의 몫을 가져올 것입니다. 만약 오늘 당신에 의해 얻어질 수 없는 저 먼 목표를 원하지 않는 한. 매순간 하늘은 창조됩니다. 우리 이전과 이후로 확장되더라도, 이것은 또한 우리 자신의 업적입니다.

그러나 당신 자신 안으로 되돌아오는 것 자체가 당신의 고통입니다. 당신은 항상 자신을 더 멀리 투사하기를, 더 위대해지기를 원하지요. 신이 되려는 향수적 욕망에 모든 자제력을 잃고서. 현재를 넘어선 황홀경을 성취하기를. 이 상처에서 벗어나 당신 본래 모습이 되는 것.

최악의 실패? 어떤 대문자의 도움 없이 당신 혼자, 당신 홀로 존재하는 것. 그것은 아무런 지배 없이 스며들 수 있게 된다는 의미 아닌가요? 상대방에 대한 지배도, 당신 자신에 대한 지배도 없이. 힘의 충격에 대한 낯선 접근. 적절한 힘을 더 이상 알지 못하는 다공성. 그래요, 나는 그러한 극한 상태에서 당신 곁에 나를 둘 수 있습니다.

당신이 자신 안에서 원을 그리며 돌기를 원해 당신을 초대한다고 생각지는 마세요. 당신 권력의 척도를 갖도록 상대방에게 지평선을 허용하고, 그와의 만남이 가능할 수 있도록 하기 위한 것임을. 당신의 경제는 늘 적어도 떠받칠 두 기둥을 요구합니다. 당신의 분신으로 당신의 가장 내밀한 자아 속에서 비밀리에 기능하는 두 타자. 전능한 존재와 불능의 존재. 완전한 타자와 타자가 아닌 존재. 완전히 다른 존재와 무관심한 이.

그들에게 이름을 주는 것이 정말 필요한가요? 그들은 정의 내려질 수 없습니다. 눈에 보이지 않는——당신의 분신들. 위에서부터, 그리고 아래로부터. 당신의 신과 함께 확장하는 빛나고 투명한 그늘, 나와 당신 몸을 구성하는 물질의 모호한 불투명성. 무한으로 연기된 당신의 모든 날들의 근원. 저 너머로 가는 길에 장애가 되는 일상의 자원.

당신을 위해 좋은 분신과 나쁜 분신이 어딘가에? 그로부터 모든 것이 나오고, 그에게로 모두 되돌아가는 신의 천상적 에워쌈. 다른 이는 근원과 끝, 그리고 그들의 환경을 앗아가는 악마적인 존재. 창조된 모든 것이 제 자리를 발견하고 올바른 경로를 유지시켜 주는 신. 전체의 완성이 그 안에 담겨진 신. 다른 존재는 절대성을 외면하고. 신과 비슷해지고 싶어하는 존재. 신을 흉내내는? 그 다른 이는 과연 누구인가?

XV

잊혀진 해돋이. 드러나는 형태의 첫 윤곽. 세상의 탄생. 한정된 지평선 안에 아직 붙잡히지 않은——이미 정해진 소유권에 따라 끝없이 반복되도록 운명지어진 원. 돌이킬 수 없이 결정된 기둥들.

떠오르는 해——사물을 비추고, 그들 전부를 가볍게 어루만지며, 점차 그들을 드러내고, 에워싼 안개에서 나오게 하는 햇살.

아침의 아름다움을 벗기는 일이 매일 새롭게 시작됩니다. 그러나 남성은 어떻게 빛이 출현하는지를 잊어버렸습니다. 그는 아무것도 볼 수 없는 한낮의 작열하는 빛 속에서 삽니다.

새로운 동양——어린 소녀의 탄생과 함께 하는 태양. 세

상에 온 타자——상대방. 그리스의 새벽만큼이나 강렬한 새
벽의 몸짓. 가려진 풍경의 잉태. 그러나 새로운 기원은 아닙
니다.

　당신은 유일한 진실의 끝이 출현하는 것을 목격합니다. 혼
돈의 도래가 아니라 합일의 가능성으로서——태양 안에서.

　그곳에서, 부드럽게 당신은 내 손을 잡았습니다. 다시 한
번 당신은 나를 잃어버렸습니다. 당신의 지평선에서 사라진,
당신의 영역에서 부재하는 나. 당신이 나를 더 이상 인식할
수 없는 백색의 세계로 나는 피신했습니다. 윤곽 없이, 그러
나 보이지 않는 선명함을 지닌 당신의 시선에 몸을 담근 채.

　그리고 나는 당신에게 말하고 있었지만, 당신은 나의 말
을 듣지 못했습니다. 가장 가까운 곳과 가장 먼 곳에서 거
리에 도전하며 우리를 하나로 묶는 것과는 다른 근접성에
당신은 여념이 없었지요. 예견할 수 없고 필요한 재회. 우리
말의 세계가 지닌 고요한 가장자리를 재정의 내리는 몸짓
의 얽힘.

　나는 당신을 부르고 있었지만, 내 외침은 당신의 귀에 가

닿지 못했습니다. 당신 주변의 소리, 당신을 둘러싼 말과 소음에 차단되어. 나를 보지 못하는 것처럼, 당신은 더 이상 내 목소리를 듣지 못했습니다.

그러나 나는 잊혀졌을 뿐 영원히 존재하는 물건처럼, 그곳에 있었고 남아 있었답니다. 당신에게 내 존재를 어떻게 기억시킬 수 있나요?

어느 순간, 당신은 발걸음을 내딛기 위해 나를 잡았습니다. 내가 바위틈을 건너도록 도와 주며. 당신이 나를 잡았을 때, 나는 당신 안에 있었습니다. 당신은 내 몸을 느끼며, 나를 꼭 끌어안습니다. 당신이 나를 만지면, 나는 다시 형태를 갖게 됩니다.

저 깊은 기억의 저편에서 나는 다시 태어나고 있었습니다. 나는 다시금 얼굴을 갖게 되었습니다. 당신은 아직 나를 들을 수 없었지만, 이미 기억하고 있었지요. 내가 조용히 당신 곁에서 걷고 있었으니까요.

가장 깊숙이 숨겨진 곳에서, 그리고 지평선 너머에서 여전히 당신은 나를 찾습니다. 가능한 것의 한계를 열며. 시작의 상처와 이야기의 끝.

당신은 내 안에서 응시하고, 내 과거와 미래가 숨김 없이 제공됩니다.

당신은 충분히 원대한가요? 내 전부를 받아들이며, 당신은 나를 그들 안에 붙잡아두고 있는 것을 전달해 줍니다. 당신은 나를 완전히 가지나요? 태어나기 위해 여전히 소리지르는 것을 발견하며, 나는 이전의 나 이상이 됩니다. 아무런 수줍음 없이 당신은 나를 잡습니다. 당신의 사색에 자신을 바칠 희망에 휩싸여, 다른 이들로 보이기 위해 한 얼굴을 기다리는 일로부터 당신은 나를 자유롭게 해줍니다.

나를 뒤에 남겨두고 떠나지 마세요. 당신은 나를 단수로 감소시킵니다. 그리고 나는 유일한 동일성 안에 갇힐 때 죽습니다. 나의 현재에서 앞으로 더 나아가지 못할 때, 이 유일한 삶에서 벗어나지 못할 때, 내 안의 많은 것들은 꽃을 피우지 못해 조바심하며, 자랄 수 있는 모든 것에 대한 기억과 환영 속에서 소리와 빛깔 그리고 모든 차원을 조화시키지 못해 애태웁니다. 그리고 신의 귀환에 대한 향수를 달래기 위해 고요히 자신을 바칩니다.

땅을 통과하려는 태양을 차단해 슬픔의 그림자가 땅을 황폐하게 만드는 일이 없도록 해주세요. 어떤 냉기도 빛과 온기를 품은 것을 얼어붙게 하지 못하도록 하세요. 왜냐하면 신성은 축제를 더 이상 즐기지 못하는 고독한 존재를 포기해 버리니까요. 그리고 기쁨이 근심보다 더 불멸의 존재랍니다. 그리고 휴식하는 동안에도 이것은 별이 가득한 각성의 순간을 허락합니다. 그리고 침묵 가운데 움직이는 입술의 미각. 영원한 사색에 고정되기 위해 사랑의 슬픔을 거절하는 감지할 수 없는 맥박.

나는 당신을 만집니다. 이것이 늘 투명한 것이 아니라면, 하나에서 다른 하나로 계속 유출되지 않는다면, 그리고 한낮이 적어도 당신에게 끊임없이 열기를 가져다 주며 우리를 갈라 놓는다면, 나는 우리가 멀리서 서로서로를 여전히 녹이도록 할 수 있습니다. 거리가 더 이상 우리 몸의 집요한 분리가 되지 않도록 하기 위해. 봉합된 자아 안에 각각 얼어붙게 만드는 차가운 명료성인 빛이 되지 않기 위해.

만약 독약이 더 이상 내 안에 들어오지 않으면, 나는 이전의 일을 기억할 수 있습니다. 가득 울려 퍼지던 노래는 멈추고, 기쁨은 살해되고, 우주를 소음으로 가득 메우는 소리의 외침. 가장 깊은 곳에서 솟아오르는 것, 참을 수 없는 강렬함으로 피어나는 공기의 꽃처럼 얼굴을 내밀고 열리는 것. 기대된 위안의 선물 속에 이미 잠긴 꽃잎. 다가오는 당신의 감지할 수 없는 떨림을 집는 주의 깊은 울림.

처음으로 나는 당신이 나타나는 것을 보았습니다. 때는 정오가 아니었습니다. 해가 더 높지도, 빛이 더 강렬하지도 않았습니다. 그러나 당신을 볼 수 있게 만든 것이 당신에게서 나왔습니다. 당신이 안에서 밖으로 빛을 발하게 만드는.

가장 친근한 부분에서 만져진 빛. 어두운 지하 성당 묘지에 더 이상 갇혀 있지 않는. 접근할 수 없는 밝음에 멈춰 서지도 않는. 저 먼 근원 위에 걸린 천체.

어떤 조개 껍질도 내게서 당신을 더 이상 숨기지 못했지요. 당신 얼굴의 가장 은밀한 부분도 아무런 숨김 없이 제공되었습니다. 타인의 응시에 드러난 존재를 두려움 없이 반기며. 그곳에서 당신의 가장 모호한 부분이 당신에게 드러나고, 당신의 가장 가까이하기 어려운 부분이 당신에게 되돌아오는 듯했습니다.

자신의 환경으로 되돌아온 가정. 너무 낯설게 느껴져 결코 다다를 수 없다고 생각했던 조국.

당신은 가장 가까운 곳과 가장 먼 곳에 시선을 고정시키지 않았지만, 당신을 통해 근접성이 보여졌습니다. 소모되지 않으면서 빛을 뿜는 백열광, 파괴하지 않으면서 쏟아붓는 열정. 재회의 즐거운 경이로움 가운데 불타오르는.

즐거워하며, 당신은 가진 것 중 가장 돌이킬 수 없이 숨겨진 부분을 다시 받고, 다시 내게 주려고 소리치고 있었습니다.

우리 사이에서 하늘은 열린 몸으로 빛나는 구름이 되었습니다.

그리고 나는 구름으로 바뀌었습니다. 황홀경이나 공기중에 분해되어서가 아니라, 한쪽에서 다른 한쪽으로 가로질러 생기를 얻은 몸으로. 내 살의 부분부분이 살아 일어나는.

그리고 나는 더 이상 죽음을 알지 못했고, 모든 것이 다른 나머지를 껴안는 빛 가운데 머물렀습니다. 나는 내 경계선을 잃지 않았습니다. 당신은 내 피부의 모든 경계까지 애무했습니다. 모든 무덤을 다시 열며. 가장 깊이 묻힌 곳, 혹은 무한히 먼 곳에서 새로운 꽃이 피도록 자극하며. 무기력한 것은 하나도 남아 있지 않고.

나는 내 본질에 여전히 충실하면서도 당신에 의해 창조되었습니다. 내 과거로부터 나를 제거하지 못했던 내 되어감의 결실. 모여지지만 닫히지는 않는. 포기되지만 버려지는 않는. 희생 없이 바쳐지는. 닫힘 없이 제공되는 전체처럼 당신과 혼인합니다.

가장 밀도 있는 부분과 가장 가벼운 부분이 합쳐지는 것을 어떻게 말할 수 있나요? 가장 동일한 것과 가장 다른 것이 서로 동맹 맺는 것을. 섞인 채 이토록 고요하고 거대한, 그러나 나는 당신에게 당신의 하늘을 허락하는 것에 조심스러웠습니다. 혼합된 채 우리 자신으로 되돌아왔습니다.

영원성, 내일은 여전히 더욱더 영원하리라는 것을 알았습니다.

무한히 나는 당신을 포옹하고, 당신은 나를 포옹합니다.

내가 끝없이 당신을 찾는 곳은 거울 뒤의 빛나는 은에서가 아닙니다. 눈부시게 나타나는 한 얼굴을 언제까지나 누워서 기다리는. 거울에 기대어 매혹적인 영상이 나타나기를 기다리는. 뛰어난 절제로 매료시키는 거울의 괴물.

그러나 공간 전체의 얽힘 안에서 나는 당신을 다시 발견합니다. 밤낮으로 우리를 결합시키는 눈에 보이지 않는 점액성의 직물. 우리를 거주케 하고, 우리를 보호해 주는. 떠남의 깨어짐 없이, 교환 이전 혹은 이후의 틈 없이. 서로 부르고 끌어당기며, 서로에게 반응하고 전체를 이루는 부분으로 나누어져. 그러나 찢어진 부분의 흔적 없이는 결혼하지도 합치지도 못하는.

봉합의 세계에서 어떻게 우리는 전체를 느낄 수 있나요? 상처의 흔적?

어떤 사랑이 그 뒤에 남나요? 어떤 상처가 피 흘리고 붕대 감기를 늘 열망할까요?

오히려 이 사람 저 사람을 통해 전체를 기대하며 무한히 열려 있길 바랍니다. 하나로 닫히기를 요구하는 것이 아닌, 얽힘의 만족할 줄 모르는 욕망.

더는 떠나지 마세요. 당신을 데려가는 걸음걸음마다 나를 만지고, 당신 자신을 만지십시오. 우리 포옹의 이 몸짓을 기억하세요. 당신의 거동을 당신을 데려가고 감싸는 살아 있는 직물로 만들며. 뒤로 되돌아가도록 당신에게 강요하는 파열 없이.

응시 안에 왜 그런 불길을 담고 있나요? 빛의 열기를 사로잡으려고 타오르는. 모든 얼음에 번개를 번쩍이는 화덕. 그 강렬함의 극치로부터 빛을 얻는. 그러나 여전히 너무 멈춰진 비전으로 한계를 갖게 되는. 열정이 절도 있게 주어지는 사진술의 틀. 지배가 구원되는 곳. 모든 한계를 넘어 흘러넘치는 광기 없이 욕망이 제공되는 곳. 바다의 광막함, 그 움직이는 밀도가 태양의 빛깔과 공명하는 커다란 표면이 되어 버린 눈.

황금빛 속에 당신은 흐릅니다. 단단하고 이렇게 가벼운 밀도. 땅과 하늘, 바다와 대륙, 빛과 어둠이 나누어지기 이전. 바위, 불, 물, 에테르의 혼합. 폭력이 아직 부드러움과 결합될 수 있는 곳. 부드러움으로 넘치는 영웅적인 몸. 그의 무기는 여전히 타고난 순수의 것. 날카로운 구분을 흐릿하게 만들고, 나누어진 모든 것을 그들 본래의 결합으로 되돌려주는 것. 상반된 무리들이 하나의 강렬한 혼합으로 합쳐지는 동맹.

  기다림. 당신의 도착으로 기공이 많아지게 될 우리를 나
누고 있는 저 벽을 기다리며. 뛰어넘어야 하는 한계를 기다
리며. 일시적으로 지워진 지평의 선.

  당신이 그곳에 늘 있기를 더 이상 기다리지 않는 순간을
기다립니다. 그리고 내 안에 있는 당신의 자리가 아무도 살
지 않는 거주지로 채워지지는 않을 것을. 그곳에서는 벽만
이 당신이 지나간 기억을 간직하고 있을 것입니다.

  노래부르기 위해 지불해야 할 값을 왜 기다려야만 하나
요?

  해변가 이 공터에서, 우리가 서로를 드러낼 수 있는 공간
이 열립니다.

  이 닫힌 공간, 은신처이지만 경계선은 아직 없는 이곳에
서, 당신은 자신의 가장 은밀한 곳에 깊이 잠겨 당신을 구
속하고 뒷걸음치게 하는 것을 찾아내고, 가까이 다가와 도

달합니다. 하루 종일 활동적이고 주의 깊게. 쉼없이 몰두하고 걱정하며. 그러나 당신이 머무르는 비밀 속에 자신을 숨긴 채.

　지나가는 길에 당신은 자신을 주거나 전하지 않으므로, 당신에게 목마른 이는 여전히 목마른 채로 남겨집니다. 당신은 발견되고, 또 발견되지 않습니다. 황홀경 속에, 손이 닿지 않는 곳에. 고요한 꿈에 가려져. 당신의 조심성을 곰곰이 생각하며. 아주 먼 미래 속에서 길을 잃은 당신의 응시. 보이지 않는 곳에 머무르는 기다려진 풍경. 당신이 가장 멀리 간 것보다 더 멀리 당신을 끌어당기며. 당신의 발걸음이 어디로 이끄는지도 모른 채, 당신이 앞으로 나아가면 뒷걸음치고 당신이 잡으려 하면 달아나는 어떤 것을 향해 당신은 걸어갑니다. 도달할 수 없는 것을 향해 당신의 꿈에 박차를 가하며.

　그러나 이렇게 서둘러 앞으로 가는 중에, 당신은 내게 잠시 동안 당신의 신비를 맡깁니다. 나는 당신이 가장 비밀리에 숨겨두었던 것을 당신이 태어난 현재로 받아들입니다. 어떤 그늘에도 아직 얼룩지지 않은 빛 안에서. 어떤 어둠도 보호해 주지 않는 연약한 상태. 내 응시 이외의 피난처는 없이. 끝없이 당신의 사색을 환영하는 하늘의 지평선.

얼마나 많은 말이 가까움을 막고 금지시키나요! 만남을 불가능하게 만들기 위해 동원되고 또 동원되지 않은, 미리 점령된 공간. 정체성 혹은 동일한 것에 관한 증명, 싸움, 항의와 논쟁이 장벽을 넘을 수 없을 만큼 우리 사이의 거리를 넓히고, 우리를 분리시킵니다.

너무도 유사한 닮은꼴들이 우리 사이를 갈라 놓아, 우리를 서로서로 끌어당기는 이 흐름은 장애물에 부딪혀 고갈되고 맙니다. 이것은 너무 방수가 잘 되는 경계선 때문에 저지되어 더 이상 흐르지 못합니다. 우리는 가로질러 건널 수 없는 자신과 연극 무대의 일부분 때문에 분리됩니다.

우리를 구성하고, 우리 자신이라는 확실성 안에서 우리를 구분하고 마비시키는 바로 이 거리 안에서 나는 당신을 바라보고, 당신의 정체를 알고, 당신을 알아봅니다.

잘린 형태 안에 갇히는 돌이킬 수 없는 도래 속에서, 그들의 몸에 더 이상 살지 않는 이들 사이에 기공도 충분하지 않고 텅 비어 있는 의복만 있다면, 우리가 어떻게 계속 가까이 다가갈 수 있나요?

그리고 종일토록 나는 노래 부를 것입니다. 내 안에 있는 당신의 기쁨과 당신 안에 있는 나의 기쁨으로 공기를 가득 채울 것입니다. 그러한 주술 속에서 당신을 지키고 나를 지키며. 내가 당신을 보호하는 소리가 울려 퍼지는 집. 낮의 폭력으로부터 나를 보호해 주는 집. 어떤 형태의 도취도 자유로이 이루어지는 어린 시절의 요람. 주의 깊은 찬송. 동요되지도 방해받지도 않는. 그의 부드러운 연약함이 고정된 기간에 의해 결코 깨어지지 않는.

나는 눈을 떠 구름을 보았습니다. 나를 구름과 분리시키는 거의 만져질 듯한 밀도 없이는 아무것도 인식될 수 없음을 보았습니다. 그리고 구름을 보지만 보지 못한다는 것을. 그 사이에 머무는 공기의 밀도를 기억하면 그만큼 더 잘 볼 수 있다는 것을.

그러나 모습을 드러내는 공기의 이 저항을, 나는 나를 다르게 발견할 수 있는 하나의 가능성으로 느낍니다.

새로운 상징 질서를 찾아서

박정오

서구 철학의 전통에서 이리가라이가 중시하는 성 차이의 개념은 은폐되어 왔고, 여성의 성은 이제까지 항상 결핍 내지는 부재로 특징지어져 왔다. 따라서 이리가라이의 작업은 남성 중심적인 철학적 사고로부터 여성적인 것을 해방시키고, 남성적 관점의 반사물로서가 아니라 여성의 관점, 여성의 언어를 찾고 여성 자신의 문화를 만들어 가는 데 있다.

'여자는 태어나는 것이 아니라 만들어지는 것'이라는 보부아르 세대의 페미니즘으로부터 프랑스 페미니스트들이 보이는 가장 현저한 생각의 변화는, 여성은 남성과 다르므로 그 차이를 존중하는 문화가 필요하다는 주장이다. 줄리아 크리스테바·뤼스 이리가라이·엘렌 식수·모니크 위티그 등으로 대표되는 프랑스 페미니스트들은 이렇게 '여성성' 자체를 남성 중심적 사고 방식에 대한 도전장으로 삼는 점에서는 동일한 입장을 보이나, 도전 방법과 극복의 가능성에 대해서는 조금씩 차이를 보이며 서로 보완될 수 있는 다양한 목소리를 내고 있다. 여성의 주변적 입장에서 해방의 잠재력을 보는 크리스테바에게 '여성'이란 생물학적 성을 나타내기보다 관습적인 문화와 언어에 대해 거부하는 자세 그 자체를 나타내는 것이라면, 이리가라이에게서 여성은 남성과 확연히 구분되는 특수성을 갖는다. 따라서 이리가라이는 남성과 여성이 동등한 선상에서 성의 차이가 인정되는 사고의 대혁신이 무엇보다 필요함을 강조한다.

벨기에 태생인 이리가라이는 루뱅대학에서 철학과 문학을 공부한 뒤, 파리에서 본격적으로 언어심리학을 연구하여 박사 학위를 받는다. 이후 그녀의 관심은 정신분석학과 철학에 집중되어 라캉의 프로이트학파에 소속되어 가르쳤다. 그러나 국가 박사 학위 논문인 《검시경 *Speculum*》이 출간되면서 기존의 라캉 연구자들과 격렬히 대립하여 교수직에서 파문당하기에 이른다. 언어학과 정신 분석에 대한 해박한 지식을 바탕으로 이리가라이는 플라톤을 위시한 서구 철학의 담론에서 여성이 얼마나 체계적으로 제외되고 있는지를 보여 주려고 노력한다. 여성의 자리를 마련하지 못한 서구 형이상학 전통의 실패를 드러내 보임으로써 남성의 담론, 남성의 텍스트를 해체하고, 여성의 재현을 가능케 하는 상징적 재분배가 절실함을 역설한다. 이리가라이 자신은 무엇보다 철학자로 불리어지기를 가장 바란다고 말하는데, 바로 이러한 노력을 인정받고 싶은 열망의 표현이라 여겨진다. 이 노력을 위해 데리다의 해체 전략이 주요한 틀이 되어 준 것은 분명하나, 페미니즘을 해체 대상이 되는 형이상학으로 본 데리다와는 달리, 페미니스트로서 이리가라이의 목적 의식은 무엇을 위한 해체인지를 명확히 인식하고 있다고 하겠다.

서구 철학과 프로이트·라캉을 중심으로 한 정신 분석 이론에서 이리가라이가 중시하는 성 차이(sexual difference)의 개념은 은폐되어 왔고, 여성의 성은 이제까지 항상 결핍 내지는 부재로 특징지어져 왔다. 남성 중심의 철학적 사고로부터 여성적인 것을 해방시키고, 남성적 관점의 반사물로서가 아니라 여성의 관점, 여성의 언어를 찾고 여성 자신의 문화를 만들어 가려는 노력이 이리가라이가 쓴 다양한 글의 공통 분모를 이룬다고 하겠다. 이것은 궁극적으로 새로운 상징 질서를 모색해 가는 과정이기도 하다.

이때 이리가라이가 주장하는 성의 차이는 젠더/섹스의 문제로 이어지면서 본질주의(essentialism)에 대한 찬반 양론의 열띤 논쟁을 야기시켰다. 그러나 이 글에서는 그녀의 페미니즘이 지니는 본질주의에 대한 비평에 대해서라기보다는, 구체적으로 그녀의 주요 텍스트를 중심으로 과연 이리가라이가 파악한 여성의 특수성은 무엇이며, 여성이 철저히 배제되어 온 서양의 지성과 가부장제를 어떻게 해체하고 있는지, 어떤 극복 가능성을 제시하고 있는지에 초점을 맞추고자 한다. 성의 차이에서 출발하여, 여성의 신체와 언어가 남성 중심의 상징 질서 속에서 어떻게 왜곡되어 있는지를 살피는 첫번째와 두번째 장이 현 질서의 해체를 보여 준다면, 여성을 위한 새로운 상징적 질서를 형성하려는 이리가라이의 노력을 살펴보는 세번째 장은 건설적인 대안, 혹은 그 가능성을 밝히려는 시도이다.

성 차이와 여성의 신체

1) 교환 가치로서의 여성의 신체

이리가라이는 여성의 몸이란 병이나 거부 반응, 생체 조직의 죽음을 유발시키지 않고 자기 안에 생명이 자라도록 관용하는 특수성을 지닌다고 말한다. 남녀 신체의 특성은 그대로 그들의 문화에 연결되는데, 남성끼리의 문화는 여성의 관용성과는 반대로 작용한다. 남성 위주의 문화는 다른 성이 가져온 것을 사회에서 배제해 버린다. 여성의 몸은 차이를 존중하는 반면, 가부장제 사회라는 거대한 몸은 차이를 배제하고 계급 서열로 구성되어 있다.

이러한 가부장제의 모든 교환 체계는 남성들 사이에서 일어나며 단일한 성의 지배를 받게 된다. 이리가라이는 교환 경제 구조에서 노동자 계급의 착취를 자본주의의 기반으로 본 마르크스의 이론을 여성 문제에 비판적으로 수용하여, 여성 착취 없이는 가부장제 사회 질서의 존속은 불가능하다고 본다. 결국 "우리가 알고 있는 사회는 여성의 교환에 그 기초를 두고 있다."(TS, 170) 《하나이지 않은 성》에 수록된 〈시장에 나온 여인들〉과 〈그들간의 상품〉에서 이리가라이는, 여성이란 현사회 체계 내에서는 상품으로 교환될 수밖에 없음을 집중적으로 보여준다. 여성은 사용 가치(자연)와 교환 가치를 모두 지닌다고 볼 수 있는데, 가부장제에서는 여성에게 부과된 교환 가치로서의 역할 때문에 시장에 내놓은 상품과 같다는 분석이다. 남성 주체 사이에서 여성이 교환될 때 문제는, 여성의 값이 여성 자신의 고유한 형태, 그들 자신의 몸, 언어 자체에서 나오는 것이 아니라, 남성들간의 교환 욕구를 반영하는 데서 결정된다는 점이다. 또한 여성이 교환될 때, 그 자체의 가치가 문제되지 않고 값으로 환원되어야 교환이 가능하므로 여성의 몸은 물신화되어 다루어진다. 이같은 사회 구조에서 여성에게 부과된 역할은 '처녀' '어머니' 아니면 '창녀' 라는 범주뿐이다.

먼저 '처녀' 는 순전히 교환 가치를 위한 개념으로 남성간의 관계의 표시 외에는 아무것도 아니다. 처녀는 스스로 존재하지 않는다. 이런 의미에서 그녀의 자연스러운 몸은 기능을 대변하는 상태로 소멸된다. 여성 개개의 특수성은 사라지고 교환의 매체로서 여성은 비슷비슷해지며, 처녀와 비처녀 정도로 구분된다. 여성에서 어머니로의 의식화된 이행 과정은 처녀막의 파괴로 완성된다. 한 번 이 과정을 거치면 여성은 개인의 소유로, 사용 가치의 위치로 굳어지면서 남성들 사이에서의 교환으로부터 제거된다.

'어머니' 는 철저히 교환에서 배제되어 개인의 소유가 되어야 한다. 어머니의 교환은 사회 질서를 위협하므로 근친상간의 철저한 금기를 통해 교환을 허용하지 않는다. 어머니에게는 양육의 정체성 외에 다른 정체성은 허용되지 않는다. 어머니의 책임감이 사회의 질서를 유지시켜 준다고 보기 때문이다. 아기는 아버지의 이름, 아버지의 법에서 인정받는 한 귀중하게 소속된다. 따라서 우리 문명은 두 가지 면에서 결핍되어 있는데, 첫째는 자신의 몸 안에서 타자에게 생명과 성장을 허용하는 여성은 남성들만이 세운 질서로부터 배제된다. 둘째는 여자아이는 남성과 여성에 의해 수태되었더라도, 아버지의 아이로서 아들이 누리는 것과 똑같은 지위로 사회에 속하지는 못한다. 여성은 출산을 위한 가치 있고 자연스러운 신체로서 보호된 채, 문화에서 벗어나 있다는 것이다.

'창녀'라는 존재는 사회 질서에 의해 표면상으로는 비난받지만 이면에서는 많은 것이 허용되는 묘한 위치에 있다. 창녀의 경우 여성 신체의 특성은 '유용성'이다. 그러나 이 특성은 남성에 의해 차지되고, 남성간의 은밀한 관계의 장으로 쓰이기 때문에 가치를 지니는 것이다. 매춘은 교환되는 사용 정도가 중요한데, 이때 사용 정도는 단순히 잠재성을 뜻하기보다 이미 실현된 것을 뜻한다. 창녀는 교환되는 사용 정도에 따라 값이 매겨진다. 이때 여성의 몸은 이미 사용되었으므로 오히려 가치가 있다. 여성의 몸이 화폐 가치로 물신화되는 대표적인 경우로 여성은 순전히 남성 욕망의 대상이 될 뿐이며, 남성들간의 관계를 위한 매개물이다.

위의 세 경우 어디에도 여성 자신의 쾌락과 욕망에 대한 권리를 찾아볼 수 없다. 교환의 주체인 남성들 사이에서 여성은 기호로, 상품으로, 화폐 가치로 환원되어 움직여진다. 남성들간의 교환 체계에서 여성은 물신화되어 배제되어 버린 현사회는 성 차이를 무시한 동성애적 성격을 띠며, 마르크스주의는 사회 계약의 성별화된(젠더화된) 조직을 설명해 주지 못하는 한계를 가진다고 비판한다. 그러므로 이리가라이는 남성과 대등한 주체적 지위를 얻기 위해 여성은 자신들의 다른 점을 인정받을 수 있도록 만들어야 한다고 주장한다. 오늘날 법의 힘이 지니는 남근적 모델을 반복하지 말고, 우리의 몸·언어·욕망 그리고 자연과 새로운 방식으로 관계를 맺어야 한다. 그러면 여성은 어떤 방법으로 자신의 욕망을 되찾고 표현할 수 있는가?

2) 거울과 검시경

이리가라이는 여성의 몸, 여성의 욕망을 올바르게 파악하고 표현하는 일이 가부장적 사고 체계 내에서는 거의 불가능하다고 보며, 여성의 입장에서 여성의 욕망과 성욕을 다시 새롭게 쓸 수 있는 방법을 모색한다. 이 과정에서 라캉의 욕망에 대한 분석과 무의식의 형성 과정에서 언어의 역할을 강조한 그의 이론은 이리가라이에게 이론적 근거를 마련해 준 것이 사실이다. 이 글의 부제에서 볼 수 있는 상징 질서란 용어도 이리가라이가 라캉에게서 빌려 온 것으로, 그의 기본적인 생각을 간단히나마 살펴보기로 한다.

프랑스 정신분석학자 자크 라캉은 정신분석학에 언어학적 연구를 접목시켜 큰 성과를 거두었다. 프로이트 이론을 해석하면서 라캉은 억압된 의미들의 소재지인 무의식이 언어학적 구조를 가지고 있음을 발견하며, 프로이트의 이드·자아·초자아를 인간의 성숙 단계를 나타내는 상상계(the Imaginary)·상징계(the Symbolic)·실재계(the Real)의 구조로 대치한다. 상상계는 유아가 자신과 거울에 비친 모습을 동일시하는 오이디푸스 콤플렉스 이전 단계를 지칭한다. 이때 아이는 언어 습득 이전의 상태로 여성도 남성도 아니다. 그러다가 아이는 언어를 습득하면서 언어, 법, 성별 역할, 사회 구조와 제도로 구성된 상징계 속으로 들어가게 된다. 상징적 질서(the Symbolic Order)는 성의 차이를 가능케 하고, 언어에 기반을 둔 모든 차이를 가능케 한다.

그런데 상상계의 유아가 거울 앞에서 처음 인식하게 되는 자아는 허구이다. 유아는 자신의 영상을 그의 진정한 자아, 그리고 그를 안고 있는 어른의 영상과 혼동하게 된다. 그러다가 점차 거울 속의 영상이 실제의 사람이 아니라 자신의 반사물이라는 것을 깨닫게 된다. 상상계 때의 아이가 자신을 거울에 비친 모습과 통일된 것으로 혼동하여 육체적으로 자신을 통제할 수 있다고 잘못 인식하듯이, 상징계에 있는 발화 주체는 자신과 발화된 언어를 하나로 잘못 인식하고, 자신을 의미의 주인이라고 가정한다. 결국 라캉은 우리 모두가 현실이 아니라, 거울이 사방에 걸려 있는 방 같은 기표 세계 속에 갇혀 있다고 주장한다. 이때 라캉이 말하는 기표들은 고정된 개념들과 연결되어 있지 않다. 언어는 기표들이 끊임없이 흘러가는 흐름이며, 이 기표들은 서로 차이를 이루며 말하는 주체에게 소급되어 일시적 의미를 얻어 준다. 개념의 의미가 언어로 발음되기 전에 고정된다고 전제하는 합리주의자들을 비판하며 기표를 유동적인 것으로 파악한 점이나, 우리의 자아가 허구이고 여성성과 남성성도 언어를 습득하여 형성된다고 보는 점에서 라캉은 페미니스트들에게 유용한 틀을 제공해 준다. '여성'이란 것은 고정된 개념이 아니고, 여성으로서의 정체성도 구성물로 형성된 것에 지나지 않음을 알게 된다.

그러나 라캉은 상징적 질서를 아버지의 영역으로 간주함으로써 프로이트처럼 가부장적 사고를 벗어나지 못하고 여성을 타자로 주변화한다. 아이가 상상계에서 언어를 통해 상징적 질서, 즉 사회적 세계로 진입하게 되는데 이때 언어는 곧 아버지, 다시 말해 라캉이 남근(phallus)이라고 부르는 초월적 기표와 연관된다. 라캉의 남근은 프로이트가 말하는 해부학적인 남성 성기와는 다른 상징적 기표로 여성과 남성 모두에게 열려 있는 유동성을 지니지만, 아버지의 메타포에서 벗어나지 못하는 한계를 안고 있다.

정신분석학을 토대로 자신의 페미니즘 이론을 발전시킨 이리가라이는 라캉의 이론을 수용하는 동시에 그의 남성 중심적 사고를 재치 있게 뒤집어 보여 줌으로써 그 한계를 지적할 뿐 아니라, 라캉의 용어를 자신의 의도에 맞게 재정의하기도 한다. 이러한 이리가라이의 방법은 많은 사람들이 지적하였듯이 전략적 모방이다. 즉 남성의 담론을 이용하여 그 담론이 가지고 있는 맹점을 스스로 드러내게 하는 것이다. 《검시경》의 제1부 〈대칭이라는 낡은 꿈의 맹점〉에서도 이리가라이는 여성에 대한 프로이트의 글을 자세히 따라가면서 어느 새 프로이트의 문제점이 드러나도록 유도하고 있다. 그녀는 프로이트가 여성을 어떻게 비이성적이고 비가시적인 존재로, 거세된 남성으로 정의하고 있는지 그의 글을 계속 인용하여 풍자함으로써 입증하고 있다. 우선 프로이트는 어린 소녀를 긍정적 의미에서 여성으로 보지 않고, 남성 성기가 없는 '조그마한 남자'로 보았다. 그녀의 글을 통해 프로이트는 여성적인 것을 결핍으로 특징지어 차이의 개념을 은폐했음이 드러난다. 여자는 남자의 반사물에 지나지 않으므로 남성을 반사할 수 없는 여성의 성 활동은 결핍 내지 부재 상태로 간주되었다.

프로이트와 라캉의 이론 체계에서 거울은 자아 인식 과정에서 없어서는 안 될 필수 불가결한 것이다. 그러나 가시적인 것만을 반사해 주는 거울은 남성을 비춰 줄 수 있을 뿐, 여성이 가지는 성적 특수성을 전혀 비춰 주지 못한다. 그 거울에서 여성은 구멍 내지 부재로만 나타날 뿐이다. 차이의 가시성에 기초한 서구 철학 이론의 맹점을 비판하며, 이런 문화 속에서 여성은 재현(representation)이 불가능하다고 본다. 여성의 재현을 위해서, 여성의 몸을 비추기 위해서는 검시경(여성의 질 검사에 쓰이는 오목 거울로 된 의학 도구)이 필요하다고 비유적으로 말한다. 남성을 잘 비춰 주는 일반 거울은 거리를 전제로 하며 시각에 중점이 주어진다. 반면 여성의 몸을 제대로 재현하기 위해서는 검시경과 같이 몸에 밀착시켜 보는 틀, 보는 것이면서 동시에 촉각으로 느낄 수 있는 매체가 필요하다. 남성의 담론에서 응시(바라보기·시각)의 중요성을 지적하며, 여성의 특수성을 표현하기 위해서는 서로를 만지고 느낄 수 있는 접촉(촉각)이 중요하다고 강조한다.

이리가라이는 상상계와 상징계가 서로 대조를 이룬다는 라캉의 생각에 동의하나, 상상계에 대한 해석에서 차이를 보인다. 라캉에 따르면 소년은 자신을 남근적 권력과 동일시함으로써 성공적으로 오이디푸스 단계를 완료한 뒤에는 상상의 단계에서 해방되어 상징적 질서로 진입하나, 소녀는 상징적 질서와 동일시할 수 없어 언어 없이 타자로 추방당하고 상상의 단계에 머문다. 신체 구조상 소년처럼 아버지와 자신을 동일화할 수 없는 소녀들은 상징적 질서를 충분히 받아들여 내면화하지 못한다고 본다. 따라서 여성은 상징적 질서로부터 배제되고, 그 질서의 주변부로 제한된다. 이리가라이는 이러한 상태를 부정적으로 보는 대신, 상상의 단계에 여성이 이용하지 않은 가능성이 있을 수도 있음을 제안한다. 결코 남성을 통해 중개할 필요가 없는 언어와 자기 중심에 여성을 인도할 방법 또한 있을 수 있다고 말한다.

따라서 이리가라이는 여성의 몸과 성적 쾌감을 여성의 정체성 탐구를 위한 출발점으로 삼는다. 남성의 담론에서는 여성의 성욕과 욕망에 대한 언급이 아예 없거나 있더라도 남성의 관점에서 잘못 재현되어 왔기 때문이다.

3) 두 입술

《하나이지 않은 성》에서 그녀는, 이를테면 여성이 남근 중심적 담론과 같이 동일성만을 요구하는 가설 내에서는 이해도 표현도 될 수 없는 리비도적 에너지의 다중성을 경험한다고 말한다. 식수와 마찬가지로 이리가라이는 여성의 생식 기관이 암시하는 다양성에 상당히 매료되어 있었다. 그녀의 견해로는 여성의 성적 쾌락은 근본적으로 자기 성애적이고 복수성을 띤다. (여성은 능동성과 수동성의 구별이 가능하기 전에, 매개 없이 직접 자기 내부에서 혼자의 힘으로 자신을 만진다. 그 누구도 자기가 그렇게 하는 것을 금할 수 없으므로 항상 '자신을 만질' 수 있는데, 그것은 그녀의 성이 언제나 포옹하는 두 입술로 이루어져 있기 때문이다.)(TS, 23) 두 입술, 즉 두 음순에 대한 이리가라이의 은유는 그녀의 주장 가운데서도 가장 본질주의에 빠지기 쉽다는 맹렬한 비난을 받아 왔다. 그러나 그로스의 설명대로 "두 입술은 여성 신체에 대한 이미지라기보다는 여성 성욕을 긍정적으로 재현하는 것을 가능케 해주는 새로운 상징이다…….두 입술은 여성 성욕을 나타내는 또 다른 이미지나 모델을 개발하기 위한 책략일 뿐이다."(116) 라캉이 남근이라는 아버지의 은유를 내세우는 데 대한 전략적 장치로서 두 입술의 은유는 적절하고도 설득력 있는 것으로 보인다.

남자의 성욕이 음경에 집중되어 있다면, 여자는 다수의 성 기관을 가지고 있다. 이리가라이는 다중적인 여성 성욕과 언어 사이의 필수적 관계에 관심을 집중한다. 여성 성욕의 다중성은 여자의 언어가 가지는 복합성의 기초가 된다. '여자가 도처에 성 기관을 가지는' 것과 마찬가지로 여자의 언어도 직선적이지 않고 일관성이 없으며, 이성의 논리에 초점을 두는 남자의 언어로는 이해될 수 없다. 여성의 생식기는 근본적으로 자기 포옹적이며, 만지는 주체와 만져지는 대상의 구분 없이 두 음순으로 나누어진 것 같지만 그 전체가 조화롭게 결합되어 있다. 이렇게 복합적이고 무정형적인 여성의 몸은 고정되어 있지 않고 항상 유동적이고 변화를 멈추지 않는다. 그런데 가시적 기준과 같음의 논리에 기초한 남성의 담론과 진리는 여성을 고정된 동상으로 만든다. 이리가라이는 메타 언어, 이론적인 언어를 남성적이라 정의내리며 서구 합리성의 전복을 꾀한다. 그러나 결코 이성이나 합리성의 철폐를 원하는 것이 아니다. 상징적 질서 밖에 놓여 있는 것은 결코 여성이 갈망하는 상태가 아니다. 여성은 이미 적절한 상징화의 부재 속에서 완전한 고독을 경험하고 있으므로, 현존하는 언어에 내재된 남성 중심의 상징 질서를 여성의 자리가 마련된 새로운 질서로 재구성해야 한다고 본다. 왜냐하면 현존하는 상징계는 사회적 질서로 보편화된 남성들의 상상계에 지나지 않기 때문이다. 즉 기존의 상징 질서는 완전히 상상적인 것이라는 주장이다. 이를 위해서는 여성의 언어를 창출해 내는 것이 시급하다고 주장한다. 그런데 여성의 언어는 우리가 언어로 이미 알고 있는 것과의 유추를 통해서밖에는 이해하기 어려운 것이다. 과연 새로운 상징 질서를 모색할 수 있는 길은 어디에 있는가? 이 문제의 해결을 위해 먼저 이리가라이는 현재의 언어에 남성 중심의 상징 질서가 얼마나 뿌리 깊이 내재해 있는지를 폭로한다.

성 차이와 여성의 언어

1) 언어에 내재된 성차별

20세기 중반 이후 가장 두드러진 특징 중의 하나는 언어에 대한 생각이 바뀐 것이다. 스위스의 언어학자 페르디낭 드 소쉬르의 구조주의 언어학에서 끌어온 포스트모더니즘의 근본 통찰은, 언어가 이미 주어진 특정 사회 현실을 단순히 반영하는 것이 아니라 오히려 우리를 위한 사회적 현실을 언어가 구성해 준다는 점이다. 의미가 담긴 우리의 사고를 가능케 하는 것은 바로 언어의 구조라고 본다. 소쉬르로부터 언어가 의미를 반영하기보다는 언어 내에서 의미가 만들어진다는 원칙, 그리고 개별적인 각각의 기호들은 본래적인 의미를 지니는 것이 아니라 언어 사슬과 그 언어 사슬 내에서 다른 기호들과의 차이로부터 의미를 얻게 된다는 원칙을 수용한다.

이러한 언어에 대한 생각의 변화는 기존의 틀을 깨기 위해 싸워야 할 근원지가 바로 언어라는 점을 페미니스트들에게 인식시켜 준 셈이다. 문학 비평 부문에서 1960, 70년대 초기 페미니스트 비평이 남성 작가의 작품에 나타난 여성의 이미지를 분석·비판하거나 남성적 윤리에 의해 손상된 여성상을 주로 논의하였다면, 그 다음 단계로 여성 작가와 문학 정전 쪽으로 관심이 돌려져 이제까지 무시되어 온 여성 문학 전통의 수립에 몰두해 왔다. 그런데 언어에 대한 포스트모더니즘 이론에 근저한 페미니즘, 특히 프랑스 페미니즘은 언어에 내재한 여성 억압적 요소를 파헤치려고 노력한다. 여성의 경험이 문학 속에 어떻게 나타나 있는가에 관심을 가지는 대신, 여성의 주체성이 구조지어지는 언어에 대한 비평을 하기 시작한다.

철학 이전에 언어학으로 먼저 학위를 받은 이리가라이는 프랑스어에 깊이 뿌리내려져 있는 성차별을 구체적으로 지적한다. 프랑스어의 문법상 '반드시 해야 한다(il faut)' '눈이 오다(il neige)'와 같이 중성이나 비인칭은 항상 남성형으로 표현되어 여성형을 말살하고 있고, 실제로 우주의 진리나 신성을 나타내는 것은 모두 남성형으로 표시된다고 설명한다. 수 세기 동안 무엇이든지 가치가 높은 것에는 문법상 남성형을, 가치가 저급한 것은 여성형을 써온 것이다. 단순히 실용적인 의자(une chaise)나 집(une maison)은 여성형인 반면, 호화롭고 상류 계급의 재산으로 분류될 수 있는 소파(un fauteuil), 또는 성(un château)은 남성형이다. 신과 태양은 남성형이고 달과 별은 여성형인데, 전자와 달리 달과 별은 둘 다 생명의 원천으로 간주되지 않는다. 긍정적 가치를 남성형으로 하는 이러한 언어 현상은 주로 남성이 신격을 획득함으로써 확립되었던 가부장제 남성 중심적 권력의 시기에서부터 그 유래를 찾을 수 있다. "남성은 보이지 않는 아버지, 아버지인 언어를 스스로에게 부여함으로써 신이 되었다. 남자는 말씀으로 신이 되었고, 말씀은 육신을 창조하게 된다. 성액이 발휘하는 힘이 출산 과정에서 바로 눈에 띄는 것은 아니었다. 이러한 이유로 정액의 힘은 언어적인 코드인 로고스로 교체되었다. 그리고 이 로고스는 포괄적인 진리가 되기를 원했다."(JE, 70) 언어에 내포된 성의 차이를 밝히려는 이리가라이의 노력은, 이처럼 로고스 중심의 서구 철학을 근본부터 흔드는 도전적 비판으로 이어진다.

　여성은 자유로운 여성 자신의 주체가 되어야 한다. 언어는 이러한 해방을 표현하는 근본적인 생산 도구로, 여성이 남성과 동등한 주체가 되기 위해서는 언어의 변화가 선행되어야 한다고 보는 것이 이리가라이의 입장이다. 노인성 치매에 나타난 언어 장애를 다룬 《치매 환자의 언어》에서 그녀는 더 이상 능동적인 발화 행위의 주체가 아닌 치매 환자의 말을 분석한다. 기억 상실 등을 참작할 때, 노인성 치매 환자의 가장 치명적인 결함은 다른 사람이 하는 말에 능동적으로 반응할 능력을 상실하는 것이다. 자신의 의견을 말하지 못하고 타인이 한 말을 겨우 따라하는 것이 고작이다. 이때 치매 환자가 언어 구조와 맺는 수동적인 관계는 여성이 남성 중심의 담론과 맺는 관계와 흡사하다. 많은 환자들과의 대담을 통해 여성은 신경증적인 말, 남성은 강박증인 말을 하는 경향이 있음을 발견하고《말하는 것은 결코 중성이 아니다》·《언어학적 성》에서 언어 구문상의 성 차이를 밝히려는 연구를 계속한다. 이리가라이에게 성의 해방은 곧 언어의 변화를 의미하며, 주체로서 자신을 언어로 표현하는 것이 여성에게는 얼마나 힘든 일인지, 그러나 동시에 얼마나 필요한 일인지를 파악하려고 노력한다.

2) 여성적 글쓰기

그러면 서구 사상을 지배해 온 남성 중심의 언어로 여성 자신을 표현하는 것이 가능한가? 기존의 언어로 가부장제의 사회 구조를 전복시킬 수 있는가? 여성의 경험을 생생히 그릴 수 있는 여성의 언어가 과연 존재하는가? 프랑스 페미니스트들이 주장하는 '여성적 글쓰기(Ecriture feminine)'는 남성의 상징적 질서 안에서 주변화되고 침묵당하거나 억압되어 온 여성의 언어, 아직은 존재하지 않지만 여성이 스스로에게 귀기울일 때 들려 올 수 있는 언어를 찾으려는 실험적인 노력이다. 물론 이리가라이가 여성적 글쓰기란 용어를 자신의 글에서 쓴 적은 없으나, 여성의 언어를 모색함으로써 남근 중심적이고 이성 중심적인 현질서에 도전할 수 있다고 본다. 이때 도전과 대항은

'아버지의 법'에 의해 억압을 당했으되 아직 말살되지는 않은 유년기의 신체적 쾌감이나, 유년기 이후의 성(sexuality)을 직접 다시 체험하는 방식으로 이루어져야 한다고 생각한다. 앞장의 '두 입술'에서 보았듯이 여성은 남성과 달리 다수의 성 기관을 가지며, 여성의 신체는 흐름의 특성을 망각하지 않고 항상 유동적이다. 흐름을 고정된 관념이나 개념으로 표현하기는 힘들다. 따라서 여성의 문체는 여성의 몸이 지니는 유체성과 친밀한 촉각, 동시성을 재현해야 하며, 그 과정에서 기존의 형식·비유·개념들을 거스르고 해체한다. 단 하나의 주체인 '나'를 분산시키고, 동음이의어를 사용해서 언어적 유희를 벌이기도 하며, 기존 언어의 구문을 혼란시킨다. 이리가라이는 여성의 정체성을 재현하기 위해 다양하고 유동성 있는 글쓰기를 무엇보다 강조하며, 스스로 실천한다.

이렇게 여성적 글쓰기는 억압된 여성의 성욕, 그것이 보유하고 있는 여성적 리비도에 발언권을 부여해 주는 방법이 된다. 만약 여성들이 성의 표현을 할 수 있고 그것이 요청하는 새로운 언어로 성에 관해 이야기할 수 있다면, 이론·실천의 양측에서 남근 중심적인 제반 개념과 통제를 통찰·분석해 낼 수 있는 관점을 정립할 수 있을 것이다. 여성적 가치를 재평가하려는 투쟁 속에서 여성적 글쓰기는 여성의 몸을 통해 쓸 것을 권하고, 상징계로 진입하기 이전 단계(전오이디푸스 단계)에 의지하고 있음을 알 수 있다. 현존하는 상징계로 진입할 때 여자아이는 최초의 정체성을 박탈당하고, 자신을 제대로 알 수도 재현할 수도 없는 존재가 되어 버린다. 전오이디푸스 단계는 아이가 어머니와 친밀한 2자 관계를 형성하는 상상계로, 여기서 인지되는 경험이 기본적으로 촉각에 근거하여 형성된다. 이 단계에서 중요한 역할을 하는 촉각이 고려될 때, 여성의 성욕은 결코 결핍으로 정의될 수 없으며, 여성의 언어로 글쓰기를 계속하면 여성의 자리가 마련된 새로운 상징 질서를 형성해 나갈 수 있으리라 본다. 그런데 좀더 구체적으로 억압되어 온 여성의 언어, 아직 존재하지 않고 말해지지도 않은 이것에 대해 어떻게 쓸 것인가? 새로운 상징 질서를 위하여 어떤 가능성과 대안이 존재하는가?

새로운 여성 문화의 모색

1) 모녀 관계

이리가라이는 여성 정체성의 모든 틀은 '구성'되거나 재구성되어야 한다고 본다. 여성이 자신을 긍정적으로 재현할 수 없는 이유는 많은 부분 기존의 상징 질서 안에서 모녀 관계가 왜곡되어 있기 때문이라고 보며, 이리가라이는 우리 사회에서 가장 미개한 영역인 모녀간의 관계 개선에 주력한다. 성모 마리아가 아기 예수를 안고 있는 성상에서도 볼 수 있듯이 아들로 이어지는 남성 중심의 틀, 종교 및 신화를 위시한 문화 전반에 깊이 뿌리내린 이 틀에서 벗어나기 위해서는, 딸과의 유대를 강화하고 어머니에게서 딸로 이어지는 여성 계보와 여성 나름의 문화를 구축해 나가야 한다고 역설한다. 여성과 여성간의 자매애를 강조하는 횡적 관계와 더불어 모녀로 전해지는 여성 계보의 종적 구조가 필요하다고 본다.

모녀 관계는 '어두운 대지'와 같이 상징화되지 않은 관계로 가부장적 상징 질서에 대한 위협이며, 이 질서를 해칠 수 있는 폭발적인 핵심을 이룬다. 그러나 모녀 관계가 상징화되지 않고 정체성을 얻지 못하는 한, 과연 서구 형이상학의 질서에 진정한 위협이 될 수 있을 것인가? 이리가라이는 현재의 상징계 자체에 의문을 던지지 않는 한, 여성의 재현은 불가능하다고 본다. 다시 말하면 현존하는 상징 질서 내부에서 모녀 관계는 왜곡되어 있어 여성이 자신의 정체성을 긍정적으로 재현할 수 없게 된다. 여성은 적절한 상징화가 부재한 상태에서 자신을 개체화할 수 없고, 모녀간에는 정체성의 혼돈을 경험하게 된다. 따라서 여성은 개별화되지 못하고 기껏해야 어머니의 자리, 어머니로서의 기능이 있을 뿐이다. 여성이 승화(sublimation)의 기능을 수행하기 어려운 이유는 이같이 모녀의 상징화되지 않은 관계에 기인한다. 초자아로 나아가는 승화의 원동력인 거세 공포가 소녀에게는 해부학상 제외되어 있기 때문이라고 보는 프로이트의 견해를 비판하는 것이다. 또한 프로이트 이론은 어머니에게 빚지고 있는 부분을 인정하지 않는 가부장제 사회 질서를 반영한 것으로, 모녀 관계는 도외시한 채 부자간의 일치에만 초점이 맞추어져 있는 모순을 날카롭게 지적한다. 《토템과 터부》에서 프로이트는 문화의 기원을 부친 살해로 설명하고 있는데, 이리가라이는 가부장제 문화의 기원에는 부친 살해 이전에 모친 살해가 있었다고 주장한다. 철학적 담론이 형성되는 시기에 자궁으로 대변되는 여성의 영역은 무정형의 어둠으로 밀려나고 주변화되어 버렸다.

이리가라이는 여성의 문제를 철학적·정신분석학적인 접근을 통해 생각의 뿌리에서부터 이론의 재정립을 시도하는 한편, 강연이나 대담·에세이 등을 통해 실질적인 대안을 모색한다. 이탈리아의 작은 교회에서 성모 마리아의 모친 안나가 어린 마리아를 안고 있는 성상을 보았을 때의 신선한 감동과 충격을 떠올리며, 이리가라이는 모녀 관계의 매력적인 이미지가 널리 퍼져야 한다고 주장한다. 또한 그리스 신화에서 아주 드물게 모녀 관계를 형상화한 데메테르/페르세포네 신화를 여성 계보의 재현으로 보고 환영하며, 가부장제가 결코 유일한 당위가 아님을 깨닫게 하는 이러한 이미지가 필요함을 역설한다. 항상 모자 관계로 대표되는 이미지에 둘러싸여 있는 것이 딸들에게 병을 유발할 수 있다. 모녀 관계가 상징화되어 있는 그림이나, 딸과 어머니가 함께 찍은 사진을 걸어 놓으라고 권한다. 언뜻 사소하게 보이는 이러한 대안의 실천은 여성의 정체성을 형성하는 데 없어서는 안 될 조건을 부여해 줄 것이다. 또한 모녀 간의 주체적 관계 회복을 위해서는 환경에 대한 존중이 필요하다고 본다. 생명과 음식에 대해 존중하는 마음을 배우는 것은, 곧 어머니와 자연에 대한 존중을 배우고 회복하는 것이 된다. 이론을 실천으로 전환할 수 있는 방법을 찾으려는 이리가라이의 관심과 노력은 그녀의 사상에서 중요한 부분을 차지한다.

2) 여성 상상계의 가능성

성의 차이를 인정하지 않고, 동일성(the Same)의 논리에 근거한 서구 철학 사상의 전복을 위해 이리가라이는 여성적 상상계의 창조가 필요하다고 생각한다. 현재의 상징계에서 작동하는 동일성의 논리는 여성이 자신을 재현할 수 없도록 만든다. 상상계란 용어는 라캉에게서 빌려 온 것이나 자신의 의도대로 재정의한 것으로 이해된다. 이리가라이가 관심을 가지는 여성적 상상계는 우리 문화가 상징화하지 않은 영역으로, 이제까지 무시되어 온 상상계를 의미한다고 볼 수 있다. 즉 여성적 상상계는 서구 사상의 무의식으로 간주된다. 서구 철학의 상징화되지 않고 억압되어 온 하부 구조로서, 그녀의 글에서 부스러기·조각·무정형·복수로 표현된다. 또한 여성적 상상계는 아직 존재하지 않은 어떤 것, 창조되어야 할 어떤 것이기도 하다.

사실 상상계란 용어는 현상학의 용어이며, 이리가라이는 적어도 부분적으로 현상학적 전통에 속해 있음을 기억해야 한다고 마거릿 윗포드는 지적한다.(54) 이리가라이가 바슐라르를 거론한 적은 없지만, 상상계란 용어는 바슐라르를 떠올리게 한다. 바슐라르에게 상상계는 상상력의 기능으로서 인식에 의해 제공되는 이미지를 변화·왜곡시키는 정신의 기능이다. 이러한 왜곡은 문학의 영역에서는 창조적일 수 있지만, 과학적 지식을 얻으려는 노력에는 방해가 된다. 그는 상상하는 정신의 원초적·기본적 범주를 물·불·공기·흙이란 4원소로 나눈다. 이리가라이 역시 4원소를 근거로 서정성이 짙은 시적 글쓰기를 시도한다.《바다의 연인: 프리드리히 니체》《근원적 열정》《공기의 망각》등은 각기 물·흙·공기와 우리가 맺고 있는 관계를 재정립하려는 노력이다. (마르크스와 불에 대한 글을 구상중이라고 말한 적이 있으나, 아직 책으로 출간되지는 않았다.) 이리가라이가 시도하는 이러한 시적인 글쓰기 자체는 여성의 상상계에서 가능성을 모색하는 과정으로 볼 수 있다. 이리가라이는 "우리 몸·환경·삶을 구성하는 자연적 재료로 돌아가기를 원했다. 우리의 일상은 4원소로 구성된 우주에서 일어나고, 4원소가 우리의 열정·한계·열망 등을 결정짓는다"(SP 69)고 스스로 밝히고 있다.

그러나 바슐라르와는 달리, 4원소를 보는 철학 전통에 대해 여성의 시각에서 의문을 제기한다. 바슐라르에게서 지식과 상상력은 서로 분리될 수 있는 것이며, 지식이 왜곡되지 않기 위해서는 상상력으로부터 순수하게 분리되어야 한다. 한편 이리가라이는 지식에는 항상 상상계의 표식이 담겨 있으므로 상상계로부터의 완전한 분리는 있을 수 없다고 본다. 지식이 상상력에서 완전히 벗어나 순수하게 될 수 있다고 보는 생각 자체가 상상적인 믿음이며, 이러한 믿음 속에서 여성적인 것은 지식과 보편성에서 제외되어 억압되고 침묵을 강요당해 왔다. 상상계는 상징계의 이론적 구성보다 좀더 단순하고 근원적이어서 삶과 죽음, 혈연 관계, 몸과 같이 직접적인 체험과 관련된다. 이때 근원적인 4원소는 우리의 몸과 열정적 삶을 객관화하지 않고도 물·불과 같이 가장 기본적인 용어로 말할 수 있는 어휘를 제공해 준다. 다시 말하면 원소는 그들이 지니는 단순성으로 말미암아 다른 사람의 상상계에 직접 가서 닿을 수 있는 길을 제공한다. 4원소를 기초로 한 이리가라이의 글이 이론적 설명보다 시적 성격이 강한 것도 이 때문이리라 여겨진다. 연애 편지의 형태를 취하고 있는 《근원적 열정》의 첫 부분에서 남성 중심의 상징 질서 속에서 재현이 불가능한 여성의 상태를 혀가 잘린 모습에 비유하며, 이때 남겨진 길은 노래밖에 없다고 탄식한다.

그대는 내게 하얀 입술을 주었지요. 성당의 천사처럼
활짝 열어라. 나의 하얀 입술. 그대는 내 혀를 잘랐지요.
내게 남은 것은 노래뿐. 나는 노래 외에는 아무 말도 못합니다.(EP 7)

여기서 노래는 곧 시로서 기존 담론의 지배를 덜 받으며, 따라서 남성 담론을 수정할 수 있는 가능성들에 좀더 자유롭게 열려 있는 공간이다. 4원소는 이러한 공간과 닿기 위한 유동적이고도 구조화되지 않은 영적 영역이라 하겠다. 그러므로 어머니에게서 딸에게로 이어지는 여성 계보를 확립하려는 노력과 더불어, 4원소에 대한 탐구는 이리가라이의 작업 가운데서 서구 철학 사상에 대한 비판과 해체 작업을 넘어서 새로운 상징 질서를 찾기 위한 건설적 일면을 보여 준다.

현재 우리에게 익숙한 상징 질서가 사실 얼마나 남성 위주로 이루어져 있는지, 이 상징 질서 속에서 여성은 또 얼마나 스스로를 표현할 매체로부터 차단당하고 있는지 이리가라이만큼 명쾌하게 보여 주는 이도 드물다. 비록 그녀가 남근계에 대한 대응으로 제시하는 여성 상상계가 무의식만큼이나 모호한

형태로 잘 포착하기 어렵고, 라캉의 이론처럼 많은 것을 설명
하지 못하는 아직 미흡한 단계이나 여성의 자리가 있는 새로운
상징 질서를 만들어 가는 과정에서 발전시켜 나가고 창조해야
할 근원지이다.

〔참고 문헌〕

Irigaray, Luce. *Speculum. de l'autre femme.* Paris: Minuit, 1974.
Speculum of the Other Woman. Trans. Gillian C. Gill. Ithaca:
Cornell UP, 1985.

—— *Ce Sexe qui n'en est pas un.* Paris: Minuit, 1977. *This Sex
Which Is Not One.* Trans. Catherine Porter & Carolyn Burke.
Ithaca: Cornell UP. 1985. Abbreviated as TS.

—— *Amante marine de Friedrich Nietzsche.* Paris: Minuit, 1980.
Marine Lover of Friedrich Nietzsche. Trans. Gillian Gill. New
York: Columbia UP, 1991.

—— *Passion élémentaires.* Paris: Minuit, 1982. *Elemental Passion.*
Trans Judith Still & Joanne Collie. London: Athlone, 1992. Ab-
breviated as EP.

—— *Ethique de la difference sexuelle.* Paris: Minuit, 1984. *An
Ethics of Sexual Difference.* Trans. Carolyn Burke & Gillian Gill.
Ithaca: Cornell UP and London: Athlone, 1993.

—— *Sexes et parenté.* Paris: Minuit, 1987. Abbreviated as SP.

—— *Je, tu, nous: pour une culture de la difference.* Paris Gra-
sset, 1990. *Je, tu, Nous: Toward a Culture of Difference.* Trans. Ali-
son Martin. New York: Routledge, 1993. Abbreviated as JE. 《나,
너, 우리》. 박정오 옮김, 서울: 동문선, 1996.

—— "The Bodily Encounter with the Mother." Trans. David
Macey. *The Irigaray Reader.* Ed. Margaret Whitford. Oxford: Basil
Blackewll 1991. 34-46.

Burke, Carolyn, Naomi Schor, & Margaret Whitford eds. *Enga-*

ging with Irigaray: Feminist Philosophy and Modern European Thought. New York: Columbia UP, 1994.

Chanter, Tina. Ethics of Eros: Irigaray's Rewriting of the Philosophers. London: Routledge, 1995.

Grosz, Elizabeth. Sexual Subversions: Three French Feminists. Sydney: Allen and Unwin, 1989.

Moi. Toril. Sexual/Textual Politics: Feminist Literary Theory. London: Methuen, 1985.

Whitford, Margaret. Luce Irigaray: Philosophy in the Feminine. London: Routledge, 1991.

Wright, Elizabeth, ed. Feminism and Psychoanalysis: A Critical Dictionary. Oxford: Blackwell, 1992.

역자 후기

뤼스 이리가라이의 《근원적 열정》은 여성이 남성 연인을 향한 열정을 노래하는 독백 형식의 산문시로 이루어져 있다. 원문에는 남성 연인을 '당신(vous)'이 아닌 보다 친근한 '너(tu)'로 부르고 있으나, 우리말 어감상 5장(V)을 제외하고는 모두 '당신'으로 옮겼다. 이 글에서 여성이 담화의 주체로 등장하지만, 남성 중심으로 이루어진 현존하는 언어의 상징 체계와 사회 구조 안에서 여성의 열정과 그 표현은 용이하지도 자유로울 수도 없다. 따라서 이리가라이는 연애 편지 형식을 빌려 와, 그 안에 달콤한 사랑 노래 대신 가부장제 안에서 남녀간의 진정한 결합이 왜 가능할 수 없는지를 역설적으로 보여 주려 애쓴다. 연애 편지 형식의 패러디는 기존의 남녀 관계에 의문을 제기하고 교란시키는 적절한 하나의 전략이 되고 있다.

서구의 도덕적 코드가 성경 위에 세워지고, 신학이 확립되면서 여신 숭배와 주술은 주변으로 밀려났다. 그 뒤 남성신이 홀로 그의 말과 의지대로 우주를 창조하고, 그의 아들에게 자연과 모든 피조물을 통치하게 하는 사고 체계가 형성되면서 여성성은 억압되었다고 이리가라이는 지적한다. 남성신에서 출발한 부자 관계의 혈통처럼, 신성한 여신에게서 정체성을 발견하고 면면히 이어지는 모녀 관계의 확립이 비로소 동등한 남녀간의 사랑과 결합을 가능케 해준다고 주장한다. 또한 정신과 육체의 이분법적인 서구 철학의 분류에서 항상 하위 개념인 몸이나 촉각이 여성적인 것과 연관되어 있다는 점을 인식하고 타자로 밀려난 몸에 일찍부터 주목해 왔다. 따라서 《근원적 열정》은 여성 문화를 확립하는 일환으로 여성의 몸이 부르는 새로운 노래를 찾아 나선 여정이자, 여성적 글쓰기의 실천 공간이다.

물·흙·불·공기가 우리와 어떤 관계를 갖는지를 연구하려는 맥락에서 산문시에 가까운 《프리드리히 니체의 바다 연인》 《근원적 열정》 《공기의 망각——하이데거를 중심으로》를 썼다고 이리가라이는 밝힌 바 있다. 이때 형태가 일정치 않은 물·흙·불·공기 등은 가부장제 사회의 영향력을 모두 배제했을 때 남겨진 가장 근원적인 원소일 뿐 아니라, 경계짓고 소유하는 남성적 사유의 획일화된 주문 방식을 해체시키는 무형의 여성적 요소들이다. 이것들처럼 여성의 성은 유동적이며 하나로 고정되어 있지 않다. 문체 역시 물·불·공기, 그리고 여성의 몸처럼 유연하고, 공백이 많고, 비논리적이다.

파편적인 단어의 조각들, 열린 채 남아 있는 미완성의 문장들, 침묵, 절규, 은밀한 몸의 언어들은 글의 논리성에 길들여진 우리의 기대를 여지없이 무너뜨리고, 여성의 언어에 귀기울이게 한다.

책 뒷부분에 수록된 〈새로운 상징 질서를 찾아서〉는 이미 《페미니즘: 어제와 오늘》에 실린 논문이나, 《근원적 열정》의 이해를 돕고 이리가라이의 기본 생각을 파악하는 데 도움이 되리라 생각하여 여기 다시 싣게 되었다.

고도의 음악성, 동음이어의 말장난, 이해하기 힘든 파편적인 문장들을 잘 살리기 힘들어 포기하려 했다. 이를 격려해 주고 기다려 결실을 맺게 해주신 동문선 신성대 사장님께 감사드린다.

2001년 7월 박 정 오

박정오

이화여대 영문과 졸업

이화여대 대학원 졸업

파리 7대학 영문학 박사학위 취득

현재 명지대 교양학부 교수

역서: 《나, 너, 우리》

현대신서
96

근원적 열정

초판발행 : 2001년 8월 20일

지은이 : 뤼스 이리가라이

옮긴이 : 박정오

펴낸이 : 辛成大

펴낸곳 : 東文選

제10-64호, 78. 12. 16 등록

110-300 서울 종로구 관훈동 74번지

전화 : 737-2795

팩스 : 723-4518

편집설계 : 韓智硯/李妵룡

ISBN 89-8038-212-X 94860
ISBN 89-8038-050-X (현대신서)

東文選 文藝新書 103

나, 너, 우리

─ 差異의 文化를 위하여

뤼스 이리가라이
박정오 옮김

정신분석학 · 언어학 · 법학 · 생태학에서의 페미니즘

여성으로서 평등을 주장하는 것은 내게는 진정한 반대의 잘못된 표현처럼 보인다. 평등을 요구하는 것은 비교 대상을 전제로 한다. 누구에게, 또는 무엇에 대해 여자들이 동등해지기를 원하는가? 남자에게? 봉급에서? 공공기관에서? 도대체 어떤 기준에 대해? 왜 여성들 스스로에 대해서는 안 되는가?

평등의 요구에 대해 좀더 엄밀히 분석해 보면, 피상적인 문화비평의 차원에서는 이러한 요구들의 근거가 충분하지만, 여성을 해방시키는 수단으로서는 유토피아적이다. 여성의 착취는 성차별에 기초하고 있으므로, 그 해결책은 성차별을 통해서만 가능할 것이다.

이 간결하고 직접적인 글에서 이리가라이는 여성의 어머니로서의 경험, 나이, 美라는 제도, 사회에서 에이즈를 다루는 태도, 사랑의 문화적 개념, 사회 변화가 어떻게 언어 변화에 의존하고 있는지, 그리고 왜 어머니만 딸을 교육할 수 있는지, 여성들이 왜 자신의 주체성을 발견하는 것이 필요한지를 깊이 숙고한다. 이러한 문제들이 제자리를 찾을 때 비로소 여성은 여성의 정체성을 형성하고, 그들의 욕구와 욕망, 권리와 의무가 조화를 이루며 살 수 있는 문화적 수단을 발견하게 될 것이다. 구분된 여성으로서의 〈나〉가 존재할 때 비로소 어떤 여성이든 또 다른 〈너〉에 동참하여, 복수의 〈우리〉를 만들 수 있을 것이다.

東文選 現代新書 24

순진함의 유혹

파스칼 브뤼크네르

김웅권 옮김

　동서 냉전구조가 사라진 오늘날 거대한 소비사회의 개인이 안고 있는 문제를 개인과 개인주의 태동과정을 역사적으로 조명하며 탐구해 나간 역작. 저자는 자기 행위의 결과로부터 벗어나고자 하는 현대의 개인들이 앓고 있는 병, 즉 자신은 어떠한 불편도 감수하려 하지 않으면서 자유의 혜택만을 누리고자 하는 기도를 '순진함'이라 일컫고, 이 병은 '유년기적 행동 경향'과 '희생화 경향'이라는 두 가지 방향으로 피어난다고 설명한다.

　오늘날 적어도 물질적 차원에서 보면, 모든 것을 '즉시 여기에서' 만족시켜 줄 수 있는 신용소비사회에서 적나라하게 드러나는 유아적 태도. 어떤 명분을 위해서도 자기 자신을 희생시킬 수 없는 모래알 같은 개인. 개인으로서 해방과 자유를 쟁취하고 경제적 정의를 보장받았을 때, 상승을 거부하며 저급한 오락과 소비로 눈을 돌려 버린 대중. "나는 희생자이다. 그러므로 나는 더 권리가 있으며, 내 행동에 대한 책임은 없다"라는 논리 아래 법치국가와 복지국가에서는 약자인 희생자의 편에 서야만 살아남을 수 있다는 심리구조가 확산되어, 모두가 자신을 희생당하고 박해받은 자로 내세우는 사회, 억압받는 자의 한 패러다임으로 해석되어 유태인과 비교되기도 하는 여권주의 운동. 이미 그 의미가 국제적 차원을 획득한 유고슬라비아 사태의 희생화 경향. 이데올로기 전쟁의 종말과 더불어 국가와 민족들을 모두 서로에게 잠재적인 적으로 만든 공산주의의 실패. 외설스러울 정도로 노출된 비극적 장면들과 일상의 가벼운 장면들을 한꺼번에 쏟아내어 대중으로 하여금 사건들을 순식간에 망각 속에 묻어 버리게 하고, 비극 자체에 무감각하게 만드는 대중매체…… 등등.

　하나의 주제를 놓고 사유를 확장하고 심화시키는 작업이 가져온 결정물의 아름다움이 담겨 있는 《순진함의 유혹》은 독자들에게 책 읽는 즐거움을 한껏 선사하고, 새로운 시야를 열어 주고 있다.

東文選 文藝新書 167

하나이지 않은 성

뤼스 이리가라이 / 이은민 옮김

타자인 여성의 성욕을 뭐라고 해야 할까? 그것은 남근 체계 속에서, 남근 체계에 의해 규정된 것과 다르다. 정신분석에 의해 여일하게 기술된 ──규범화된──것과는 다르다. 여성의 언어 활동을 어떻게 창출할 수 있을까? 재발견할 수 있을까?

성적으로 구분된 여성의 육체 착취를 기점으로 이 사회의 기능을 어떻게 해석해야 할까? 그때부터 정치와 관련 맺는 그들의 행위는 무엇이 되는가? 여자들은 이 제도 속에 개입해야 하는가, 개입하지 말아야 하는가?

어떠한 斜線을 통해 이 가부장적 문화에서 벗어나는가? 그 담화에, 그 이론들에, 그 학문들에 어떠한 질문들을 제기해야 하는가? 이 질문들이 다시금 제재 혹은 억압에 굴복당하지 않기 위해서는 어떻게 표명해야 하는가?

또한 과연 지배적인 담화를 가로지르는, 남성들의 통제에 의문을 제기하는 여자들에게, 여자들 사이에서 말하는 여성적 말투는 어떤 것인가?

질문들 ──무엇보다도── 은 다수의 언어들로, 다양한 톤으로, 다양한 목소리로 의문을 제기하고 대답된다. 유일한 담화의 획일성, 유일한 類의 단조로움, 유일한 성의 독재 정치를 해체하면서 말이다. 여성들의 욕망은 셀 수 없을 만큼 많고, 결코 하나의 욕망으로도, 다양한 형태의 한 욕망으로도 축소시킬 수 없다. ──L. I.

페미니스트 이론가로서 이리가라이의 영향력은 독일·이탈리아·캐나다 등에서 특히 지대하다. 여성을 위한 상징적 질서를 형성하려는 그녀의 노력은 많은 여성학자와 여성작가들의 호응을 얻고, 한편 프랑스에서는 식쑤·크리스테바와 더불어 급진적인 새세대 여성학자로 분류된다. 남성과는 다른 차이의 문화를 주장하며, 여성을 억압하는 사회적·경제적 구조, 제도 및 법률, 억압의 역사를 분석하는 데 앞장서고 있으며, 여성의 언어에 초점을 맞추어 남성 중심의 기존 질서를 공격하고 있다.

東文選 現代新書 3

사유의 패배

알랭 핑켈크로트
주태환 옮김

문화 속에서 우리는 거북스러움을 느낀다. 왜냐하면 문화란, 사유(思惟)하면서 살아가는 일이기 때문이다. 그리고 오늘날 사유가 아무런 역할도 하지 못하는 제반행위를 흔히 문화적인 것으로 규정해 버리는 조류가 확인되고 있다. 정신의 위대한 창조에 필수적인 동작들, 이 모두가 이렇게 문화적인 것으로 잘못 여겨지고 있다. 무슨 이유로 소비와 광고, 혹은 역사 속에 뿌리박은 모든 자동성이 가져다 주는 달콤함을 탐닉하기보다는 참된 문화를 선택해야 하는 것일까?

87,88년 프랑스 최고의 베스트셀러로서 프랑스 지성계에 커다란 파문을 일으킨 본서는, 오늘날 프랑스 대중들에게 가장 영향력 있는 철학자 중의 한 사람인 핑켈크로트의 대표작이다. 그는 현재 많은 저작과 방송매체를 통해 사회문제에 관해 적극적인 발언을 펼치고 있다.

그는 오늘날의 거대한 야망이 문화를 손아귀에 움켜쥐고 있다고 결론짓고, 문화라는 거창한 이름 아래 소아병적 증상과 더불어 비관용적 분위기가 확대되어 왔으며, 이제는 기술시대가 낳은 레저산업이 인간 정신이 이루어 놓은 문화적 유산을 싸구려 유희거리로 전락시키고 있으며, 그리하여 정신이 주도하던 인간 삶은 마침내 집단의 배타적 가치에 광분하는 인간과 흐느적거리는 무골인간, 이 둘 사이의 무시무시하고도 우스꽝스런 만남에 자기 자리를 내주고 있다고 통박하고 있다.

그는 본서를 통해 정신적 의미가 구체적 역사 속에서 부상하고 함몰하는 과정을 그려내면서, 우리가 어떻게 해서 여기에까지 도달하게 되었는지를 일관된 논리로 비판하고 있다.

東文選 現代新書 36

동양과 서양 사이

뤼스 이리가라이

이은민 옮김

21세기의 문턱에서 우리의 전망은 뭔가를 구축하는 쪽이기보다는 비판적이고 해체적으로 보인다. 자신들이 인위적으로 만들어지는 세계로 유배당한 인간들은 미래의 변화와 관련된 실제적 제안들을 점점 경시하고 있다. 그것들을 선험적인 유토피아로 규정하기 때문이다. 그러나 지금까지 달려온 길이 어떤 식으로는 틀린 것이 아니었음을 누가 알겠는가? 우리가 우주와 비교적 많은 조화를 이루는 우리의 자아를 생각하기 위해 유용한 가르침들을, 그리고 육체와 정신 혹은 영혼 사이에서 덜 분열되는 방식을 거부하지 않았는지를 말이다.

동양의 전통들을 습득하는 것——경전을 읽고 적절한 수행을 통해 ——은 새로운 방법으로 우리를 자신과 타자와 함께 존재하는 쪽으로 이끈다. 이것은 사랑과 성(性)을 경험하는 새로운 방법이다.

그렇다면 아시아권의 여성적 토착 전통들과 가부장적인 우리의 서구 사회들 사이의 통로를 창조하는 일이 가능할 수 있을까? 여기에서 우리는 역행하지 않는 해결책들을 발견하여 가정을 재정립하고, 국가와 가정의 관계를 새롭게 분절시킬 수 있을까? 결국 시민들간의 관계들에 기초하여 재구축될 수 있는 것은 공동체 전체가 아닐까? 여러 차이점들을 존중하는 접근 속에서 말이다.

가부장제의 독점권을 비판한 이후——그녀의 저서 《스페큘럼》에서 시작되었다——뤼스 이리가라이는 각자 차이를 지니는 두 주체가 이루는 문화를 연구하고자 한다. 이것은 우주적 차원의 다양성 속의 공존이라는 모델이다. 철학박사이자 시인인 뤼스 이리가라이는 언어학·심리학, 그리고 정신분석학 수업을 마치기도 했다.

東文選 現代新書 14

사랑의 지혜

알랭 핑켈크로트
권유현 옮김

수많은 말들 중에서 주는 행위와 받는 행위, 자비와 탐욕, 자선과 소유욕을 동시에 의미하는 낱말이 하나 있다. 사랑이라는 말이다. 그러나 누가 아직도 무사무욕을 믿고 있는가? 누가 무상의 행위를 진짜로 존재한다고 생각하는가? '근대'의 동이 터오면서부터 도덕을 논하는 모든 계파들은 어느것을 막론하고 무상은 탐욕에서, 또 숭고한 행위는 획득하고 싶은 욕망에서 유래한다는 설명을 하고 있다.

이 책에서 묘사하는 사랑의 이야기는 타자와 나 사이의 불공평에서 출발한다. 즉 사랑이란 타자가 언제나 나보다 우위에 놓이는 것이며, 끊임없이 나에게서 도망가는 타자로부터 나는 도망가지 못하는 것이다. 그리고 사랑의 지혜란 이 알 수 없고 환원되지 않는 타자의 얼굴에 다가가기 위해 애쓰는 것이다. 저자는 이 책에서 남녀간의 사랑의 감정에서 출발하여 타자의 존재론적인 문제로, 이어서 근대사의 비극으로 그의 철학적 성찰을 이끌어 가기 때문이다. 그러나 우리가 이웃에 대한 사랑을 이상적인 영역으로 내쫓는다고 해서, 현실을 더 잘 생각한다는 법은 없다. 오히려 우리는 타인과의 원초적 관계를 이해하기 위해서, 또 그것에서 출발하여 사랑의 감정뿐 아니라 다른 사람에 대한 미움의 감정까지도 이해하기 위해서, 유행에 뒤진 이 개념, 소유의 이야기와는 또 다른 이야기를 필요로 할 수 있다.

알랭 핑켈크로트는 엠마뉴엘 레비나스의 작품에 영향을 받아서 근대가 겪은 엄청난 집단 체험과 각 개인이 살아가면서 맺는 '타자'와의 관계에 대해서 계속해서 질문을 던진다. 이것은 철학임에 틀림없다. 그렇기는 하지만 구체적인 인물에 의해 이야기로 꾸민 철학이다. 이 책은 인간에 대한 인식의 수단으로 플로베르·제임스, 특히 프루스트를 다루며, 이들의 현존하는 문학작품에 의해 철학을 이야기로 꾸며 나간다.